물어보시면

주부입니다

보라빛
쓱쓱어

목 차

프롤로그(길을 잃다, 글을 읽다)

PART 1. 김주사 말고 김주부

PART 2. 리스해도 괜찮아! 리스트가 있으니까

PART 3. 틈틈이 쏨쏨이

에필로그(그해 우리는, 올해 나는)

프롤로그

길을 잃다, 글을 읽다

유병재의 말장난을 읽었다. 거기서 나온 글쓰기란 삼행시를 조금 변형해서 일단 가볍게 글쓰기 시작한 이유 손 풀기 해보겠다.

글: 글쎄
쓰: 쓰기 위해서
기: 기록하기 위해서

예전부터 글쓰기와 독서를 하고 싶었지만 이런저런 일들로 여유가 없어서 생각만 하고 있던 것을 육아휴직과 제주도 이주를 전환점으로 여유가 생겨 글쓰기 시작. 글쓰기는 내 안의 생각들을 밖으로 담아내는 실용 활동이자 정신 그릇. 결국 말장난 같지만 나는 오래전부터 글이 그리웠고 글을 쓰고 싶었고 글을 읽고 싶었다.

난 게으르다는 전제가 있다. 계획과 목적이 없으면 허송세월하기 일쑤다. 그런 점에서 글쓰기 활동은 말로 풀지 못한 내안의 것들을 꾸준하게 글로 풀 수 있는 나와의 약속이자 강제기회였다. 나에게는 웹툰 작가가 마감일에 쫓겨 꾸역꾸역 연재하고 드라마 작가가 시간에 쫓겨 쪽대본이라도 완성하듯 그런 의무가 필요했다. 그래서 글쓰기 활동을 시작하게 되었는데 그러면 본질적으로 그 활동을 하기 위한 글은 왜 쓰는가?

어렸을 때는 말보다 글이 편했다. 말로 하면 오해를 많이 받았는데 글로 쓰면 인정을 받았다. 특히 일기 쓰는 재미가 있었다. 일기를 쓰면 그 날 하루가 인상적이었다고 인정하는 거 같았고 선생님의 칭찬까지 덤으로 들을 수 있었으며 내가 글쓰기에 소질이 있나 착각이 들 정도였다. 그러나 초등

학교 이후론 입시에 시달리느라 꾸준하진 못했다. 그렇게 흐지부지하다 대학교 가서 다시 펜을 잡았다. 국어국문과에 진학한 바람에 억지로라도 써야했다. 소설론 수강을 들으면 소설을, 희곡을 들으면 희곡을, 시, 수필, 시나리오 등등 학점을 따기 위해서 분야별로 무조건 1작품 이상은 종강 때까지 썼던 거 같다. 학점이수를 위해서였지만 그런 강제적인 환경 덕에 다시 글쓰기에 재미도 붙이고 진로를 방송작가나 언론 쪽도 생각했었다.

그러나 국어국문과에는 글쓰기를 잘하는 친구들이 너무 많았다. 다들 한가닥 쓴다는 애들이 모여 있었고 늘 같이 다녔던 동기녀석(그 친구는 지금 KBS 방송작가)의 글 솜씨가 너무 뛰어났다. 그에 비해 나의 글은 특색도 없고 평범해 보였다. 국문과는 굶는 과라는 우스갯소리가 있을 정도로 정말 특출나지 않으면 작가나 언론인이 되는게 쉽지 않은 길이었다. 현실을 자각한 난 글쓰기를 중단하고 공무원의 길로 선회했다. 그 이후로 글 쓰기는 보고서용이었고 형식적이었으며 어느새 멀어져가고 있었다. 일기라도 써볼까 생각은 했었지만 현실의 피곤함에 쉽게 펜을 들지 못했다.

그러다 불혹이 되었고 덜컥 육아휴직을 하게 되었다. 그리고 제주도 행. 숨차게 달려온 길에서 벗어나 갑자기 시간적 여유가 많아지면서 잊고 지냈던 글 쓰기에 대한 갈증이 일어나기 시작했다. 오롯이 자신만을 위한 시간을 가지게 된 난 글 쓰기를 다시 시작 하고 싶었다. 어디서부터 시작해야 되는지 길이 막막했던 때에 폴킴의 노래 너를 만나처럼 글 수다라는 모임을 만났다. 그러면서 다시 글 쓰기 플레이~

그러면 책은 왜 읽지? 이제야 다시 책을 잡기 시작해서 그냥 시간 때우기용으로 취미에 독서라는 한 줄을 표시하고 싶어서 읽는 거 같은데 왜라는 의문은 도저히 답을 찾기 힘들었다. 호기심 가득한 아이들은 궁금해서 왜라고 물어보지만 생각한대로 사는 건지 사는대로 생각하는 건지 모를 어른이 되어서는 왜라는 물음은 삶의 의문이다. 그런 점에서 이 물음표는 내 삶과 결부될 수밖에 없었다. 도대체 나는 책을 왜 읽는가?

도서관에 가서 빌린 책들을 보니 답이 나왔다. 책은 필요였고 세상에 대한 해결책이었다. 일을 하고 있을 때는 여행가고 싶다는 생각이 지배하고 있어 여행 관련 서적을, 육아휴직하면서 아이에 대한 이해가 필요할 때는 육아 관련 서적을, 돈을 모아야겠다고 생각이 들었을 때는 재테크 관련 주식 서적을, 삶이 뭐인지 답을 찾지 못할 때는 에세이나 심리 관련 서적을 들여다보곤 했었다. 여태까지는 책을 많이 읽는 것도 아니었고 책을 읽었다고 문제가 해결된 것도 아니었으나 간간이 책에서 공감되는 문장을 만남으로써 삶의 위로를 받는 수준이었다. 그리고 책을 들고만 있어도 필요에 대한 정당방위가 되었으며 다이소에서 만원어치 과소비를 해도 과하게 썼다는 생각이 안 들듯이 책 사는 것도 그런 의미였었다.

그런데 이번에 곰곰이 생각해본 결과 나에게 책읽기는 경험이라고 정의 내릴 수 있게 되었다. 내 몸은 하나고 내 눈은 두 개라 내가 경험할 수 있는 세상에 한계가 있었다. 시간과 돈도 한정되어 있어 모든 곳을 가볼 수도 없고 모든 체험을 할 수도 없는 노릇인데 책 읽기를 통해 그런 직접 경험하고 싶은 것들을 간접적으로나마 느낄 수 있었다. 내가 겪고 있는 문제들을 미리 겪었던 옛 선현들과 작가들의 글을 만나며 깨달음을 얻기도 하고 독서란 행위를 통해 경험치를 최대한 늘리는 것, 그게 내가 책을 읽는 이유란 걸 깨달았다.

이렇듯 내가 책을 읽고 글을 쓰면서 내 경험의 확장과 그 행위 하나 하나가 의미있는 기록이 되었으면 하는 바람으로 물음표를 소소하나마 해소해본다. 이제 나의 독립적인 첫 책이 한사람에게라도 공감을 불러 일으키고 세상의 빛을 보길 바라며......

PART 1. 김주사 말고 김주부

물어보시면 주부입니다

한때 삶이 무료했다. 똑같은 일상의 반복. 매일이 어제의 데 자뷔 같다고 생각했던 적이 있었다. 하고 싶은 것도 없었고 의욕은 더더욱 없었으며 무엇을 해도 재미가 없었다. JTBC 드라마 제목처럼 그때 나이 서른아홉. 일종의 번아웃 아니 면 사십을 앞두고 처음 온 사춘기. 지금 생각하면 사십춘기 로 웃어 넘길 수 있었지만 그 당시에는 심각했다. 나라는 중 심이 무너졌고 왜 살까에 대한 의문과 죽음의 충동, 미래에 대한 불안까지.

앞만 보고 가다 문득 뒤돌아봤는데 아무것도 이루지 못하고 아무것도 가지지 못하고 아무개도 못되고 혼자 정체되어 있는 느낌. 남들은 내집 마련이며 승진이며 다들 잘 나가는 것 같고 괜히 혼자 비교되어 초라해지는 느낌까지 들었다. 아무도 뭐라 하지 않았는데 혼자서 추락하는 비행기에 타 비상선언처럼 외로운 싸움을 벌이고 있었다. 바닥이 어딘 지도 모르게 계속 내려갔는데도 계속 주위를 보지 않았다. 혼자서 해결할 수 있다는 생각만 하다 마음의 병이 왔고 결 국엔 심리상담을 받았다. 그리고 10년의 공무원 생활을 뒷 장으로 넘기고 육아 휴직하여 넘어온 제주.

제주 처음 왔을 때도 별반 크게 다르지는 않았다. 아이들 방학이라 하루 종일 같이 있으면서 삼시 세끼 먹이고 에너 지 소비 프로그램을 짜고 청소하고 정리하고 빨래며 설거 지까지 몸이 바빴다. 그랬더니 마음의 여유가 없음은 당연 했고 아이들 싸우기라도 하면 분노가 치밀어 일주일이 늘 화요일이었다. 그렇게 아내 퇴근만 바라보며 준비 없이 김 주부가 되었다. 제일 난관이었던 것은 역시 밥상차리기. 처 음엔 요리 할 줄을 몰라서 마트 가서 3팩에 만원하는 밑반 찬도 많이 사고 장모님 반찬 보내시는 날만 손꼽고 백종원

레시피보며 이것 저것 조리에 가까운 요리를 시도해 봤는데 애들 반응이 별로라 헛심만 켰다.

그래서 내가 좋아하는 거 말고 애들 입맛에 맞추어 소세지며 계란이며 햄이며 짜장에 카레, 라면까지 스윽 돌아가며 차렸더니 입질이 왔다. 그래서 이제 1주일 식단은 거의 고정. 월요일 3분 짜장, 화요일 3분 카레, 수요일 스팸 볶음밥, 목요일 계란찜, 금요일 소세지, 만두, 주말은 라면이나 짜파게티로 대충 때우고 있다. 그리고 애들이 지겨워할 때 눈에 들어온 밀키트. 특히 이마트 밀키트를 애용하는데 감바스며 또디아며 샤브샤브며 부대찌개까지 특별하게 한번씩 너무 간편한 조리라 만족스럽다. 진짜 이런 게 없었다면 밥상을 못 차렸을텐데 다행히 시대를 잘 만나 너무 고맙다.

밀키트 외에도 애용하는 건 즉석국과 밥. 종류도 다양하고 간단히 전자레인지나 냄비에 끓이기만 하면 되기에 1주일에 2개 정도는 순삭한다. 그리고 요즘은 좀 더 발전하여 그냥 주어진 재료 끓이기보다 냉장고에 남은 재료(파나 양파, 버섯, 마늘 등)를 같이 넣어서 맛있게 나만의 요리조리를

식탁에 펼치는 중이다. 그리고 기본적으로 김은 필수고 면을 먹을 때면 참치도 못 참지^^;

식사는 이쯤하고 김주부의 2번째 난관은 청소. 1주일에 2번정도 청소기로 집 한 바퀴를 도는데 할 때만 깨끗하고 애들 들어오면 다시 원 위치. 노력한 티가 잘 안 나는 영역인데 그래도 안 하면 또 티가 나는 난공불락. 특히 주부가 되면서 못 참는게 머리카락인데 여자애 3명이 거주해서 그런지 방 안 구석구석 머리카락이 안 보이는 곳이 없을 뿐만 아니라 마루가 흰 색이라 너무 눈에 띄었다. 그래서 보일 때마다 손으로 잡아 버리는데 손톱이 짧아 그런지 한번에 안 집힐 때도 많다. 그러면 테이프 클리너도 가끔 쓰는데 군데군데 머리카락이 있기에 클리너 가지러 가기 귀찮을 때가 많아 그냥 손 클리너로 대부분 처리하고 있는 편이다.

그래도 제일 힘든 건 화장실 청소. 비위가 약한 내가 제일 하기 싫은 분야인데 냄새가 나니 그래도 안 할 수는 없어 1주일에 한번 정도 시간을 들였다. 처음에는 유한락스를 뿌리고 무선 청소건으로 열심히 닦았는데 여름에는 너무 더

워서 그런지 힘이 들었다. 그래서 요즘엔 칫솔과 치약으로 변기와 세면대, 물 빠지는 하수구 위주만 쓱 닦고 남은 치약물로 시간차 세정을 하는데 그래도 땀이 흥건, 수건 샤워 하는 화장실 청소다.

그 외 제주는 분리수거가 집 주위에 없어 근처 재활용센터로 차를 몰고 가야 하는데 그것도 내 몫이다. 매일 1~2번은 방문하는데 특히 여름엔 수박을 비롯한 음식물 쓰레기가 많아 벌레가 꼬이기 전에 즉각 처리하는 편이다. 이 외에도 애들 아프면 시내까지 병원도 가야하고 애들이 들고 오는 가정통신문에 사인도 하고 준비물도 챙겨야 되는 등 쓰자면 한도 없는 게 주부 일인데 또한 퇴근도 없고 알아주는 이도 없으니 그게 제일 서럽다.

그래도 몸 힘든 건 쉬면 되는데 남자가 주부라는 것에 대한 주변 인식이 힘들 때가 있다. 오전에 애들 학교 보내면 낮엔 소일 할만큼 여유시간이 있는데 그래서 그 시간을 활용코자 강좌며 모임을 좀 하는 편이다. 그런데 가는 곳마다 청일점이다. 제주 와서 글수다부터 더럭초 독서모임 및 여러 곳

모임들을 참여해봤더니 가는 곳마다 남자가 나 혼자인 경우가 많았다. 나 혼자 남자다를 예능컷 찍을 정도로 압도적 여자 많은 곳에 나 혼자 독야청청중인데 그럼에도 불구하고 융화되려 애썼다. 처음에는 어색했지만 일할 때 여성 가족과에서도 버틴 나만의 수다능력과 지대넓얕(지적대화를 위한 넓고 얕은 지식), 경청의 자세까지 갖추며 어느새 물들어갔다. 거기다 머리까지 파마하며 육아경험 공감치로 이제는 어엿한 같은 동격의 주부로 자체 발돋움했다.

그렇지만 아직도 어려운 부분들이 있었다. 어린이집을 등하원할 때 내가 다 픽업하고 선생님과 인사했는데 어떤 문제가 생기거나 공지사항이 있으면 죄다 엄마인 아내편으로 연락이 왔다. 첫째, 둘째가 다니는 초등학교에서도 비슷했는데 상담이나 돌봄사항, 준비물, 현장체험학습 등이 있으면 아내창구로 일원화되었다. 나야 신경 쓸 일이 줄어 편했지만 아내가 불평불만이 쌓였다. 일도 바빠 죽겠는데 이런 것까지 신경 써야 되냐고 불만을 터뜨려서 일정 부분은 내가 정리했지만 아직도 일부분 그런 고정관념들이 남아 있다. 얼마 전에는 노겸이가 다니는 어린이집에서 학부모

급식당번 모집이 있어 한번 참관하였는데 담임 선생님이 남자가 온 건 처음이라고 말씀하셨다. 그것도 놀라운데 어린이집 전체가 다 여선생님이었고 남자 화장실도 안에 없었다. 대략 난감했지만 겸이와 주위 친구들과 잘 놀아주며 담임선생님한테 놀이를 위해선 남자선생님도 필요하다는 인식을 심어주었다.

하지만 아직도 남자와 여자의 영역으로 나뉘는 유리천장이 있는 거 같아 한편으로는 씁쓸했다. 사회가 많이 발전하고 양성평등으로 간다고는 하지만 아직도 어떤 면에서는 청일점이니 홍일점이니 부각된다. 그렇게 되는 것보다 다양한 점들이 모여 균형 있고 다채롭게 어우러졌으면 좋겠다는 생각이 들었다. 많이 나아졌다고는 해도 아직 육아하면 대부분 아내를 생각하고 휴직하는 남성의 수가 적은데다 남자들의 취미가 운동이 많은 편이라 독서나 글쓰기 모임 등은 남성분 참여가 적은 거 같다.

그리고 마을에서 하는 주부 백일장도 간혹 보여 참여하려 하면 주부 정의가 결혼한 여성으로 되어 있어 출전 자체가 안 되는 경우도 있고 으레 주부는 여성이겠지하는 편견이 있어 아쉬운 생각이 들었다. 시대가 빠르게 변하고 주로 부엌일하는 사람이 꼭 여자는 아닌 시대니만큼 주부의 정의도 새로고침 해야할 듯 하다. 이렇듯 모임마다 청일점으로 활약하고 있지만 더 많은 남자 주부들과의 교류를 꿈꾸며 김주부의 좌충우돌 바쁜 하루는 돈키호테처럼 흘러간다.

남자도 주부가 될 수 있다. 으레 미리 선을 그어 엄마부터 찾지 말고 상황에 맞게 아빠도 찾아줬으면 좋겠고 더 많은 남자 주부가 생겼으면 좋겠다. 그리고 개인적인 바람인데 선생님들이 아이를 부를 때 엄마, 아빠는 어디에 계시니? 하면서 엄마를 먼저 찾는데 이것도 아이들이 선 교육된다. 결국 엄마만 부르게 되는 원인이 되므로 아빠가 주부면 가사일하고 가정방문도 가능한 만큼 그런 집은 아빠, 엄마로 부른다면 더 아이들이 아빠를 인정하고 찾게 될 것이다. 가끔 설문조사를 한다거나 사람들이 직업이 뭐냐고 물어본다. 공직에 있을 때에야 공무원이라고 하면 되지만 휴직한 지금은 마땅히 무엇이라고 대답하기 어렵다. 그래도 물어보면 지금은 답한다. 물어보시면 주부입니다!!

큐알코드

얼마 전 오랜만에 다음카페를 들어가 보게 되었다. 인사교류도 알아볼 겸 구꿈사부터 장기휴면이던 것을 무장해제하고 글들을 살펴보는데 거의가 대학교 때 이후로 활동이 없었다. 시대의 흐름으로 딴 SNS로 넘어갔는지 카페의 글들은 20대 때로 머물러 있었다. 여러 추억들의 글을 읽다보니 어떤 때는 순수하기도 했고 어떤 때는 어리석기도 했고 어떤 때는 눈물겹기도 했다. 그때의 사람들은 잘들 살고 있는지 무얼 하고 있는지 궁금하기도 했다.

그렇게 결혼 전의 글들을 보다가 정환이와 현정이의 사랑방이라는 닭살스러운 내 카페를 마주했다. 마치 서랍속에 넣어뒀다가 정리하면서 만나게 되는 옛 사진처럼 박제 된 두 남녀의 애틋했던 청춘을 만났다. 서로가 전부였던 그 때. 글들이 다 이불킥하고 싶을 정도인데 또 몽글몽글해지기도 했다. 그 땐 그랬지...

그러다가 복직을 생각하니 다시 현실로 돌아온다. 이제 적지 않은 내 나이 42. 나이 따라가는지 요즘 가수 싸이 가사에 꽂히고 살아난 싸이월드에 접속하며 파도를 탄다. 추억의 사진들이 곳곳에서 물밀듯이 밀려온다. 추억은 방울방울 눈물도 방울방울 시린 마음 부여잡고 그 때가 그리운 걸까? 그대가 그리운 걸까? 회상에 잠긴다. 의식의 수면 아래 지난 날이 떠오른다. 좋았던 기억보다 후회와 아쉬운 순간이 더 떠다닌다.

10년 전으로 돌아간다면? 10년 전의 시계로 되돌려보니 남은 건 아이 셋뿐이다. 이뤄놓은 것도 미뤄놓은 것도 없이 오로지 아이 셋 키우고 회사 다니며 아내와 보낸 시간들. 아마도 지난날이 그리운 건 아쉬움이 묻어 있기 때문이겠지.

이렇게 또 향수에 젖는다. 샤넬 아닌 지난날의 향수. 시간은 머물러 있지 않는데... 그러면서 고개 드는 상상의 나래.

나 왈: 신이시여 제발 제 인생을 고쳐 주십쇼

그러자 세상에 신이 있다면 그건 당신(안해)께서 말한다.

당신 왈: 스캔할 시간이구나. 다 알았으니 이 코드를 받아 보거라. 큐알에 접속하면 한번씩만 10년 전으로 30분 갈 수 있니라!
나 왈: (절실하게) 그러면 큐알코드 3개만 보내주십쇼. 전 세 가지를 바꾸고 싶습니다.
당신 왈: (냉소적으로) 자신있다면 그렇게 해보거라.

블랙홀인지 미로인지 모를 형상의 큐알 코드를 찍어 시험 해본다. 접속 싸이트가 뜨고 나도 모르게 클릭한다. 그러면 서 어느새 큐알 코드 속으로 빠져드는 나의 몸. 그럼 이제 10년 전으로 시간여행하며 돌아가서 바꾸고 싶은 세 가지 소원을 성취해보겠다.

QR코드1. 특공

첫번째는 부동산 청약 특공(특별공약) 쓸 때로 돌아간다. 특공을 잘 못 썼다. 부동산 공부도 되어있지 않은데 잘 알아보지도 않고 그 당시 정부의 방침에 따랐다. 5년이면 특공이 끝난다는 잘못된 정보만 믿고 안 쓰면 그냥 날아간다는 생각에 그 때 마침 분양하던 양산 이지더원 아파트 청약을 아무렇게나 쑤셔 넣었다. 덜컥 당첨이 되고 정신없이 계약하다 보니 거기는 프리미엄이 붙는 데가 아니었다. 300에 양도하고 아쉬움을 터는데 덜컥 또 아이가 생겨버렸다. 갑자기 세자녀가 되면서 다자녀특공이 다시 생긴 것이다. 그런데 아뿔싸! 알아보니 특공은 신혼이든 다자녀든 가리지 않고 일생에 딱 한번 쓸 수 있는 것이었다. 그 때 양산 아무 데나 아무렇게 특공 넣은 것이 그렇게 두고두고 발목 잡히고 지금까지 땅을 치고 싶을지는 몰랐다.

너무 후회스러워서 큐알코드로 과거의 자신을 잠깐 만날 수 있고 그 때 당시로 돌아간다면 부동산 청약 특별공급을 안 넣는 것이다. 기회는 기다리면 온다고 나 자신을 다독이면서 부화뇌동하지 않고 긴 호흡으로 제대로 된 청약 하나 잡을 때까지 버티라고 얘기할 것이다. 그러다 흰수염고래 처럼 바라던 바다로 나가는 날이 오니 내 집 마련의 꿈은 그 렇게 이루어졌을 것이다.

QR코드2. 육아

두번째는 다시 쓰는 육아일기를 위해 큐알코드에 접속한 다. 82년생 김지영을 빨리 봤어야 했다. 지금 하고 있는 것 들을 그 때도 했었더라면 아마 아내(안해)랑 앙금없이 사 이좋게 지낼 수 있지 않았을까? 애도 셋인데 육아로 고생 하는 아내를 나 몰라라 했었다. 경상도라 표현도 투박하고 일 핑계로 가정에는 문외한인 남편이었다. 아니 그냥 난 바 깥사람 아내는 안사람으로 규정지었다. 내 일은 집 밖이고 집안일은 당연히 아내가 하는 것이라 여겼고 그저 도와주 기만 하면 된다 생각했다.

평창올림픽을 다녀오고 나서 아내가 산후우울증이 있다고 힘들어 죽고 싶다 극단적으로 표현해도 나도 일하느라 힘들다 돈 버느라 힘들다 사회생활 하느라 힘들다 스트레스 받느라 힘들다 핑계무덤으로 아내와 총성 없는 전쟁을 치뤘다. 그렇게 지내다보니 당연 부부사이가 좋을 수가 없었다. 퇴근하고 돌아오는 길이면 좀 더 늦게 들어오고 싶고 현관문 열 때 아내의 아이들 야단치는 소리에 백스텝을 밟고 싶고 밖에서 시달린 심신을 집에서는 조용히 티비 보고 싶은데 아이들의 치댐과 짜증에 더 피곤했었다. 그러니 말수도 줄고 아내와의 대화도 줄고 악순환의 연속으로 삶까지 재미가 없었다. 진짜 오은영의 결혼지옥 나갈 뻔 했다!

그러나 이제는 안다. 나만 움직이면 된다는 것을...그래서 두 번째 큐알코드는 평창올림픽 파견 이후로 접속할 것이다. 물론 평창올림픽을 안 가는게 가장 최선이긴 한데(지금까지 욕 먹는 일 중 하나)국가적 행사고 이런 기회가 또 있을까 하는 마음에 욕심이 났었다. 그래서 그 이후로 돌아가 집으로 복귀하고 나서부터 다시 그림을 그리고 싶다. 모른 척 했던 육아와 살림을 같이 할 것이다. 지금의 김주부처럼 빨래하고 설거지하고 청소하고 아이들이랑 놀 것이다. 눈에 보이는 데 내가 최선을 다하고 아내가 눈에 보이지 않는

데를 깨끗이 하는 것처럼 서로가 한팀이 되어 환상적인 호흡을 맞출 것이다. 그러다 보면 아마 그때의 아픔은 사라지고 지금처럼 소통하는 부부가 되었을 것이고 더 많은 행복의 순간과 추억들이 쌓였을 것이기 때문이다.

QR코드3. 여행

세번째는 마지막 싱가포르 여행을 가기 전으로 큐알코드를 실행한다. 여행을 많이 갔어야 되는데 같은 아쉬움이 아니다. 실제로 많이 갔다. 싱가포르, 세부, 괌, 대만, 오키나와, 하이난, 코타키나발루, 동유럽 기타 등등. 제주도도 1년에 2번 이상은 갔다. 횟수가 중요한 게 아니라 아무 생각 없이 계획 없이 일탈하기 위해서 그냥 갔다는 게 문제였다.

특히 싱가포르는 결혼하고 세번씩이나 너무 자주 갔다. 그 당시 가서 보는 데만 너무 집중하였고 N번차다 보니 인근 섬(조호바루, 바탐, 빈탄)일정까지 넣어 빡세게 다니는 바람에 아내랑 많이 다퉜다. 애들도 물놀이만 좋아했지 유적지는 별 감흥이 없는데 타이트하게 볼 만 한 거 위주의 관광을 했다. 이제는 안다. 여유롭게 다녀야 한다는 것을!

그래서 세 번째 큐알코드 접속은 여행을 새로고침하고 싶다. 계획하에 1년에 한번 1주일 정도 머무는 여행을 짤 것이다. 그래서 아내와 아이들과 여유롭게 물놀이하고 선셋에 저녁을 먹으며 자연이 주는 혜택을 누릴 것이다. 급하게 이동해야 한다고 아침부터 고성이 오가고 아이들을 채근하고 그런 여행보다 자연의 공기를 마시며 걷고 여유를 느끼며 카페에 앉아 지나가는 사람들을 구경하며 현지인처럼 식사하고 하루에 한 곳만 관람 후 여유롭게 호텔에서 수영하는 호캉스를 할 것이다.

너무 바쁘게만 돌아다녔다. 누군가에게 어디어디 갔다는 자랑은 할 수 있을지 몰라도 아이들의 자랑거리는 아니었다. 가족을 위한다고 잡았지만 결국은 나만을 위한 여행이었다. 이제는 보기보다 체험하며 느끼는 여행을 할 것이다. 그래서 눈에 담고 마음으로 느끼며 갔다 와서 가족끼리 그거 좋았다고 서로 소소하게 회상하면서 얘기할 수 있는 여행. 세 번째 큐알코드는 그렇게 가족여행을 위해 쓰고 싶다.

이제 큐알코드는 다 썼고 시간여행은 끝났다. 떠나고 보니 보이고 항상 시간보다 늦게 깨달음이 온다. 지금 알았던 걸 그때도 알았더라면 얼마나 좋았을까? 결국 나라는 사람은 겪어봐야 알고 살아봐야 아는 사람인 것이다. 미리보기는 없는 과거에 얽매이고 현재만 사는 사람.

현재가 영어처럼 선물이면 좋겠고 지금의 행복한 순간을 더 즐기고 싶은데 현실은 허락하지 않는다. 현실은 나보고 돈과 집을 위해 일하라고 말한다. 곧 비바람이 몰아칠테니 거기에 대비하여 안전한 집으로 돌아가라고 말한다. 5월 31일 봄이 끝나가고 무더운 여름이 오는 문턱에서 한바탕 일장춘몽 같았던 10년 전으로 돌아간다면 If Only를 마친다. 언젠가는 이런 상상도 웃으며 추억할 수 있는 그런 날이 되길 바라며 앞으로의 달콤한 인생을 꿈꿔 본다!

실과 바늘

학교를 마치고 돌아온 큰 딸이 신경질적으로 펠트공예 숙제라며 바늘에 실을 꿰어달라고 한다. "에휴, 그것도 못하나? 바늘 잡고 실에 침을 묻혀서 이렇게 구멍에 끼우는기다. 얘가 잘 모르네." 허장성세로 핀잔을 주며 난 자신있게 시도했는데 생각보다 잘 안 되었다. 아니 잘 안 보였다. 노안이 왔는지 취업 구멍인가 싶을 정도로 더 작은 가느다란 바늘 구멍이 잘 안 보였다. 계속 구멍 주위만 왔다 갔다 실은 꿰어달라 말하는데 내 손은 허공이었다.

이윽고 보다 못한 아내까지 마무리 투수처럼 뚜둥 등판하였다. "어휴 저 똥손! 나와봐라. 니는 잘 하는게 머고? 잘 못하는거 찾는게 더 빠르겠다." 바늘을 빼앗아 들고 자신감을 보였다. 나보다는 미세하게 들어갈락 말락 하는데 그래도 안 되었다. 계속 눈이 침침한지 눈까지 비벼보며 끔뻑끔뻑 집중해 보지만 결과는 나와 같이 허공이었다.

큰 딸과 난 기대의 눈으로 보다가 이내 실망하는 눈으로 아내를 바라보는데 그 때 고개를 가로젓는 아내의 눈과 마주치며 교차되어 만났다. 서로가 머쓱하고 바늘을 못 뀄다는 동질감을 느껴서인지 큭큭 한바탕 웃어버렸다. '각자 다 구멍이구나' 속으로 생각하며 바늘은 못 꿰었지만 가족이라는 매듭은 잘 뀐 거 같다는 생각이 드는 밤이었다.

그러면서 군대 이후로 오랜만의 바느질이라 그랬는지 문득 군 시절이 생각났다. '그땐 어떻게 했지? ' 생각해보니 그때도 못 했다. 원래 손재주도 없는 데다 처음 하는 건 뭐든 쥐약이었으니 잘 했을 리가 없었다. 바야흐로 때는 2002년 1월 어느 추운 겨울날. 손발이 꽁꽁 얼어붙었던 신병 훈련소 입소날이었다. 여자친구(지금의 아내 강조)와 눈물의 이별을 하고 정신없이 운동장에 서 있는데 공군이라 그런지 탑건처럼 보급품이 날아왔다. 그리고 떨어지는 지시사항들 속 제일 첫 번째 특명은 전투복 상의에 바느질로 이름표를 달아라!

학창 시절 가사보다 기술을 배웠고 바느질을 해 본적도 없어 엄청 당황스러웠다. 여긴 어디고 나는 누구이며 어디로 가야하는지 정신도 못 차리고 있는데 날아오는 빨간 모자 조교의 속사포에 구멍으로만 숨고 싶었다. 아마 그 때부터였던거 같다. 제대하기까지 내내 구멍 병사의 전설이 시작된 게. 내무반에 짐을 들고 들어와서 다들 헐레벌떡 실과 바늘을 꺼내기 시작했다. 좌우 동료 훈련생들은 경험이 있는지 신속 정확하게 잘들 수행해내고 있었다. 나만 신생아 아기처럼 어떻게 해야 할지 몰라 기댈 곳을 찾으며 계속 정신을 못 부여잡고 덜덜 떨리는 손으로 옷만 붙들고 두리번거리고 있는데 그때 옆의 동료가 자기 것을 끝냈는지 재빨리 나를 구원해주었다.

원래 군대라는 곳이 개인 기합이 아니라 단체 기합이고

시간 제한이 있다 보니 전체가 시간 안에 미션을 완료해야 하는데 나로 인해 단체 집합 기합각이었다. 그래서 동기였던 그는 재지 않고 재빨리 도와줬는데 우선 바늘에 실을 꿰고 요래 저래 옷 내외부를 오가며 마술을 부렸다. 그러고는 마지막에 2번 실을 돌려 매듭을 묶어 내 구멍을 메우고 마무리하면서 이렇게 하면 된다고 나에게 알려줬다. 참 고마웠던 순간이었고 그 때 처음 배웠다. 바느질과 단체 생활에 대해서... 그는 내가 손재주도 없고 눈치도 없고 군대를 이해하지 못하는 병아리임을 알아본 것이다. 세상 물정 모르고 글만 읽었던 샌님 서생인 나를 파악한 것이었다.

군대는 단체 체벌이 기본이다. 나로 인해 전체가 기합받고 그 기합으로 열받은 누군가 계급에 따라 내리사랑을 통해 계속 기합이 돌림노래처럼 이어져 돌아왔다. 늘 정신 기합이 들어가 있어야 하는 상황이었다. 그런 긴장감 속에 살던 구멍 병사 나에게도 숨구멍이 필요했는데 그게 바로 지금의 아내다. 방공포 자대 배치 후 좋은 생각 매월호에 매일 일기를 썼다. 그때 나온 좋은 생각 책자에는 날마다 좋은 일화가 있고 그 아래 쓸 수 있는 빈 공간이 있었다. 난 거기에 내무반 일지이자 나의 해방일지를 썼다. 나에게 실낱 같은 희망이자 하루에 유일하게 빛을 냈던 시간. 그 빈 공간을 채우는 시작은 언제나 사랑하는 당신에게, 끝은 고맙다를 썼던 그 때. 신이 있다면 바로 당신이라고 말하고 싶었던 그 때. 마치 실과 바늘처럼 편지와 전화로 통했던 나와 아내.

그 때 아내가 아니었다면 군 생활을 잘 견뎌냈을지 참 감사한 마음이 들었다. 군 시절 오롯이 기다려 준 아내가 늘 고마워 복학 후 몇 번의 변심기가 왔음에도 다 이겨내고 10년의 연애 끝에 결혼이라는 제도에 안착했다. 이렇게 적으면 물론 아내는 코 웃음을 칠 것이다. 자기가 안 차고 잘 참아서 이룬 결실이라나 뭐라나~같은 세월을 겪었는데도 아내는 내가 아니고 이렇게 기억은 다르게 읽힌다. 그래도 그 꿰맨 결실이 지금의 큰 딸이라는 생각이 들어 뭉클해졌다.

'그래, 구멍이든 실이든 바늘이든 가족이라는 실타래로 묶여 있으니 함께 잘 풀어보자꾸나. 시도하면 시간이 걸려도 언젠가는 바늘에 실을 꿰맬 터이니.' 호국보훈의 달을 맞아 오랜만에 나의 군생활을 되짚어보며 지금 햇살이 비치는 이 자리, 이 곳 제주, 이 시공간 속 살아 숨쉬고 있음에 감사함을 느낀다. 그리고 그 뒤에는 그늘처럼 아내가 함께 있었음을 안다. 낮에는 모르다가 밤이 와야 불란지의 불빛을 마주하는 것처럼...표현을 잘 못하는 나지만 글로나마 그 고마움을 전하며 나의 반딧불이에게 감사라는 곡을 불러본다.

김동률【감 사】
♬ 눈부신 햇살이 오늘도 나를 감싸며 살아있음을 그대에게 난 감사해요(중략)...

당근이세요?

요즘 급작스런 이사준비로 당근에 빠져있다. 실제 당근은 싫어해서 김밥에 있는 당근도 빼고 먹는데 이 당근이란 스마트 앱에는 완전 빠져 있다. 당근이라 하면 라떼는 당근이지하며 무슨 말만 하면 당근을 입에 달던 놀이였다. 제주에서는 아마 구좌읍 평대리 당근이 떠오를 것이나 그게 아니고 당신 근처의 마켓을 줄인 스마트 앱이다. 이 앱을 육지에 있을 때도 활용했지만 제주에 와서는 필수가 되었다. 처음에는 별로 안 썼는데 인터넷 쇼핑을 하다 보니 제주는 도서·산간지역으로 분류되어 배(제품)보다 배꼽(배송비)이 더 컸다. 그래서 배송비를 줄여보고자 시작한 것이 지금의 당근 중독이 되었다.

하루 종일 내 폰에는 카톡하는 소리보다 당근, 당근, 당근 하는 소리가 끊임없이 들린다. 관심 알림한 물건들이 뜰 때마다 내가 올린 물건에 채팅이 올 때마다 들리는 이 소리. 시계 알람소리는 시끄러워 끄기 일쑤인데 이 소리는 왜 이렇게 반가운지 바로 확인 안 하고서는 못 배긴다. 그렇게 당근을 통해서 다이빙 슈트부터 쇼파, 트램폴린을 비롯한 각종 놀이기구를 사 들였다. 복층 개념의 다락방엔 진짜 당근으로 사 들인 물건이 공간을 장악하고 당근마켓이 되어 버렸다. 그런데 갑자기 집이 넘어갔다. 장모님이 놀러와 있는 상황에서 집 문 앞에 영문 모를 독촉장이 붙어져 있었다. 먼저 발견한 큰 딸 노윤이는 집이 망했다며 엉엉 울고 난리 블루스였다. 안정을 시키고 자세히 읽어보니 집의 권한이 없어졌다는 것.

이 건물을 지은 신탁회사가 은행에 채권을 엄청 끌어다 썼는데 다 갚지 못하고 결국은 이 건물이 은행에 넘어간 것이다. 은행에서는 신탁회사랑 맺은 계약은 이제 무효라며 가급적 빨리 나가달라고 재촉했고 그렇지 않으면 법적인 조치를 통해 쫓아 내겠다는 것이었다. 그래도 도의적으로 지금 이사를 가면 남아있던 기간의 보증금과 월세, 이사비용을 일부 지원해주겠다고 하였다. 버티고 생각해 볼 겨를이 없이 은행의 압박은 거셌다. 계속 찾아왔고 통지서를 붙이고 결국 옆집, 아랫집 등 여러 집들이 바로 앞에 신축한 건물로 이사를 하기 시작했다.

제주의 특성이긴 하지만 빌라 규모는 처음엔 분양을 시도하다가 반은 분양되고 나머지 반은 미분양되면 연세나 한 달 살기, 에어비앤비 등으로 돌린다. 지금 이 건물에 사는 집들도 반 이상이 연세다. 1년 단위로 보증금과 월세를 한꺼번에 주고 들어오는데 우리도 장모님이 가신 이후로 남은 기간 마음 편하게 살고자 어쩔 수 없이 이사를 하기로 결정했다. 그리고 이사 준비는 김주부의 몫.

복직도 해야하는데 이사까지 설상가상으로 겹쳤다. 거기다 책도 내려고 했는데 여유 없이 당근의 세상으로 홀릭. 부산으로 이주할 짐을 싸고 새 집으로 옮길 짐을 분류하고 나머지는 다 당근이다. 캠핑 때 쓰던 전기매트, 인디언 행어부터 구명조끼, 쇼파, 매트리스, 탁구대 등 각종 물건들을 내 놓기 시작했다. 빨리 팔고자 가격은 무료 나눔부터 최대 4만원 안팎으로 책정. 처음엔 반응이 바로 안 왔는데 탁구대부터 하나 둘씩 빠르게 빠지더니 이제는 물건 올리면 바로 판매 채팅 시작. 너무 많은 물건들이라 노윤이한테도 물건 올리라고 시켰더니 채팅 오고 팔리는 과정이 재밌었던지 큰 딸도 이제 당근 삼매경이다. 다만 그 판돈을 자기 다 달라고 해서 그게 문제이긴 하지만 조금씩 챙겨주고 있다.

당근 거래를 하다보면 우리 신체 온도처럼 온도가 있는데 난 43~45도에서 계속 유지중이다. 한동안 거래 안하면서 온도가 떨어졌는데 요새 거래를 좀 활발하게 했더니 44도까지 다시 올라갔다. 이 온도가 신뢰도 같은 거라 중요하게 관리해야 하는데 확실히 거래를 계속해 보니 온도차를 느낄 수 있었다. 온도가 높은 분들은 답장도 빠르고 이모티콘도 쓰고 거래 후기 애프터 서비스가 확실히 좋다. 최고에요 답장오면 기분이 좋을 수 밖에 없고 그러면 당연히 나도 맞

답장으로 서로의 온도를 훈훈하게 높여줬다.

그런데 온도가 낮은 분들은 처음 구매의사를 밝히는 채팅은 빠른데 그 이후로 간을 보는 건지 응답이 느리고 예약을 거는데 시큰둥하고 거래시간을 잡는 것도 판매자보다는 구매자 시간에 맞추려고 한다. 그리고 실제 와서는 멀리서 왔다며 깎아달라 흥정도 하고 물건이 사진과 다르다는 분들도 계셨다. 물론 전부가 다 그런 건 아니고 일부 사례로 편견일 수 있지만 내가 경험해 본 당근 마켓은 확실히 온도가 높은 분들이 더 선호되고 온도 높은 이유가 다 있구나라는 생각이 들었다.

이제 당근에서 물건 팔 날도 얼마 안 남았다. 이사는 코 앞이고 예전 같으면 대형 쓰레기봉투에 다 버릴 물건들이었지만 당근 마켓으로 인해 소소한 용돈이라도 벌어서 좋다. 습관적으로 계속 당근 앱을 보고 있어서 그게 문제이긴 하지만 필요한 물건을 잘 사고 잘 판다고 이제는 안해한테도 인정 받았다.

전에는 자기 친구보다 못하다며 나의 당근부심을 무너뜨렸는데 이젠 칭찬받으니 그거면 됐다. 가끔 당근부심과 당근 앱에 빠진 나의 모습이 현타가 오고 한심하긴 하지만 게임에 빠진 것보다 낫다는 생각으로 오늘도 가성비 좋은 물건을 사고 파는데 혈안이 되어 있다. 그리고 마음에 든 물건을 본 순간 채팅을 시도하고 판매자를 만나며 당근이세요? 안부를 또 묻고 그러고 있을 것이다.

싸움 그만두길 잘했어

지금까지 살아오면서 그만두길 잘 한 것이 무엇이었는지 인생을 반추해보았다. 7급 공무원을 준비하다 그만둔 것도 생각났고 회사를 잠깐 그만두며 육아휴직한 굵직한 것들도 생각났지만 근래 치아보험을 그만 해지했다거나 와이프랑 싸움을 했다가 그만 두길 잘한 소소한 것도 생각났다. 그래서 위의 열거한 것 중 최근이자 가장 그만두길 잘 했다고 생각하는 안해(정확한 명칭은 아내인데 물어보면 다 안한다 해서 부르는 애칭)와의 싸움을 소재로 사랑과 전쟁 이야기로 표현해 보았다.

싸움 1장

▶ 위기의 부부, 싸움의 시작은 사소한 것에서 터진다

안해님과 싸움이 시작된 건 육아 스트레스 때문이었다. 제주로 오면서 늘 바깥님이었던 나에게 달라진 살림환경과 아이 셋의 육아는 아주 큰 부담이었다. 그런 재주도 없으면서 덜컥 살림을 맡아 살아보고 아이 셋을 키우다보니 내 안의 화가 마그마처럼 쌓여가고 있었다. 집안 일이란 게 해도 그만, 안해도 그만이라 티도 안 나고 성과가 있는 게 아니다 보니 나 혼자 밥하고 빨래하고 설거지하고 청소하고 정리하는 일들이 괜히 억울했다. 처음에는 안해님이 나처럼 이렇게 해왔겠구나란 생각에 이해심과 공감능력이 극대화되었지만 한편으론 자기도 해봤으면 알텐데 왜 이렇게 모른 척하지라는 생각에 미워지는 마음도 생기기 시작했다.

그러던 차에 아이들의 방학은 나를 더욱 더 스트레스 세상으로 만들어 버렸다. 툭하면 아이들끼리 싸우고 한 명이 한마디를 요구하는 게 아니라 나는 혼잔데 한번에 세가지 요구가 물밀 듯이 밀려 오다 보니 쳐낸다고 정신없는 하루의 연속극이었다.

그런 방학이 끝나갈 무렵, 안해님의 친구가 놀러와 안해와 친구는 회포를 풀러가고 난 독박육아에 과부하가 생기는 일이 발생했다. 그러면서 내 안에 잠자던 화가 또 치밀어 오르기 시작했다. 5월에도 그 친구가 와서 2박3일 자유일정을 주었고 저번 주말 마레보리조트 가서 같이 얼굴보고 아이들끼리 수영하며 놀았는데 오늘 또 나간다고.. 미리 나한테 말해둔 약속이니 받아들이긴 했지만 갑자기 어제 그 친구랑 하는 계모임이 9월 첫째 주말에 한다고 당일로 진주에 가도 되냐고 부탁한 것이 생각났다. '그럼 올해만 몇 번째 보는거야? 나는 애들 본다고 수면속에 가라앉아 있는데 안해님은 계속 수면 밖으로 숨 쉴틈만 찾고 있네'

그런 생각에 분기탱천했다. 해도 해도 너무하다는 생각이 내 머릿속을 가득 채웠다. 그러면서 애들 맡기고 놀려면 저녁은 먹이고 오든지 아님 저녁은 먹이고 나가든지 진짜 아무것도 안한다는 생각으로 유치하게 번져갔다. 애들 저녁을 먹이고 차분하게 마음을 다스리려 했다만 내가 생각한 마지노선을 넘어 너무한다는 생각만 오롯이 났다.

싸움 2장

▶ 싸움의 전개는 말싸움. 치고 받다 평행선을 통과

이윽고 9시쯤 넘어서 안해님이 친구와 기분좋게 입장하였다. 그런 안해님의 표정을 보니 갑자기 짜증이 확 났다. '나는 집안에서 힘든데 넌 밖에서 기분좋게 시간을 보내고 있구나' 그러면 안되는데 친구 있는 상황에서 짜증 섞인 말투와 기분 안 좋은 표정으로 안해님을 상대했다. 일부러 생색도 좀 내고 그 친구가 포도를 갖고 왔는데 다시 2봉지를 챙겨주는 것까지 마음에 안 들어서 얼른 보냈다. 그리고는 문을 닫았다. 마음의 문까지.. 평소 눈치가 빠른 안해님은 그런 적이 거의 없는데 이 집안의 차가운 공기를 녹이려는지 손가락에 꼽을 정도의 사과를 하기 시작했다. 처음에는 모른 척 눈도 안 마주쳤고 2번째 사과는 듣는 둥 마는 둥 멀어졌고 3번째 사과는 내 옆에 와서 말하길래 청소하는 척 딴청을 피웠다. 그러자 안해님도 열이 받기 시작했다. 그리고 이어지는 말싸움 파이팅.

경마장의 경주마가 전속력으로 앞만 보고 날째게 달리듯

1번말(나)과 2번말(안해)은 엎치락 뒤치락하며 각자 자기 할말만 최선을 다했다. 그리고는 마지막 결승선이 아니라 평행선 테이프를 끊으며 냉전의 시간...여기서 잠깐 입장을 정리해보면,

1번말의 요지는 이렇다.

"육아스트레스가 큰데 같이하지는 못할망정 나 몰라라 나 가버리면 그만이냐. 저녁은 차려놓고 갈 줄 알았다. 자기도 해봤으면서 더 몰라준다. 해도해도 너무 한다. 등등

2번말의 요지는 이렇다.

"친구 앞에서 그렇게 생색내면 내가 어찌되냐. 그리고 나는 니가 한거보다 더하면서 애 셋 이만큼 키웠다. 겉으로는 허락해 주는척하면서 속으로는 육아스트레스 받는다고 분기 별로 터뜨리고 이렇게 속 좁은 사람이랑 결혼 왜 했는지 모르겠다. 등등

싸움 3장

▶ 남북 사이 같은 대치, 각자 입장만 내세우는 한반도 정세

남남과 북녀는 파이팅하고 첫날은 각자 흥칫뿡하며 침소에 든다. 잠든 사이 삼팔선(각자의 방)과 비무장 지대(소파)가 생긴다. 둘째 날부터는 서로 연락을 주고 받던 통신선이 끊긴다. 집안은 침묵의 공기만 흐르며 남북 한반도를 끼고 주변국(아이들)은 별 영향을 받지 않은 채 남북을 왔다 갔다 실리를 취하며 놀고 있다. 난 소파에 앉아 눈은 TV를, 나머지는 다 안해님의 일거수일투족을 감시했다. 안해님도 자기방에 들어가 스마트폰 삼매경이다. 각자 자기가 옳았고 상대방이 잘못했다는 신념에 확신을 가지고 신경전을 벌였다. 마음이 불편한데 편한 척 난 라디오스타를 보며 하하호호 박장대소했다.

셋째날의 아침이 밝았다. 시간이 조금 지나니 기분이 풀어지는 게 있어 그래도 화낸 내가 사과해야지란 생각에 짧은 편지를 썼다. 그리고 화해를 시도해보는데 타이밍이 늦은 건지 편지내용이 마음에 안 든 건지 안해님은 계속 버럭하며 이렇게 지내자고 말했다. '누가 잘못했는데 오히려 적반하장하는가' 거절 당하는 나도 황당하고 순간적으로 화가 났지만 참을인자를 새기며 잠들었다. 그리고 넷째날. 해는 밝은데 나와 안해님의 표정은 먹구름이었다. 주말이라 놀러온 지인과 가족끼리 세화해수욕장 가서 보기로 한 약속이 있는데 그럴 기분이 아닌 안해님은 피했다. 난 왜 안해가 안 왔는지 물어보는 지인의 물음에 대충 둘러대며 맛있는 음식과 아름다운 풍경을 즐기지 못하고 마음 한 구석이 계속 불편했다. 백사장에 미안하다 구해줘 잘못했어란 글을 새기며 사진 찍어서 카톡으로 슬쩍 보내봤다. 그런데 계속 1이다. 일부러 안 보는 건지 화해의 제스처도 소용없었다. 결국 특단의 조치를 취하기로 결정했다.

싸움 4장
▶ 싸움의 기술 무릎 꿇기, 화재 방지의 약속, 그리고 사랑으로 이뤄낸 소통

집 안에 들어섰다. 아직도 무거운 공기. 아이들 햄버거를 물리며 방으로 보내놓고 소파에 앉아 있는 안해님 곁으로 다가섰다. 그리고 잘못했다 용서해줘 말하며 무릎을 꿇었다. 호락호락하지 않은 안해는 용서할 기미가 없었다. 다음 대사를 이어갔다. 계속 화낸것도 잘못했고 속 좁았던 것도 잘

못이고 나의 잘못을 일일이 다 고해성사했다. 그랬는데도 나의 신부님은 묵묵히 듣고만 있었다. 그리고 자기 마음이 차갑게 식었다고 너의 사랑이 안 느껴진다는 결정타를 날렸다.

난 조바심이 났다. 제발 용서해달라며 니 하고 싶은거 다 하고 올해가 가기 전까지 화 안내기로 덜컥 공약을 쏟아내었다. 그러자 안해님은 그런 거 다 소용없다며 한 발 더 멀리 도망갔다. 난 이번만은 기필코 약속을 지키겠노라며 각서를 쓰든지 모든 방법을 동원하겠다고 안심시키고 한발짝 더 나아가기 위해 내가 얼마나 당신을 사랑하면 그렇게까지 했겠냐 속 넓은 니가 받아주라 신공을 써서 사랑타령으로 안해님의 닫혀있던 마음을 풀었다. 안해님은 지켜보겠다며 한번 더 속아준다 했지만 우리는 어느새 대화로 소통했고 다시 사이좋은 모습으로 돌아갔다.

지금도 나에게 그만두길 잘 한 게 뭐냐고 물어보면 백발백중 단연코 안해와의 싸움이다. 10년을 넘게 싸워도 싸워서 이득 본 것도 없고 기분이 태도가 되어 길면 길수록 생채기

나고 더 커져 그만두지 않았으면 상처가 덧날 뻔했다. 진짜 빈대 잡으려다 초가삼간 다 태우고 4주후에 법정에서 볼 뻔했다. 그러면서 느낀 건 싸움은 시간이 해결해주지 않는다. 싸움이란 게 참 사소한 걸로 시작해서 유치하고 치사하게 감정을 할퀴기만 하기에 가급적 안 싸우는게 최선이지만 싸웠다면 지는게 이기는 것이라는 생각으로 빠른 타이밍에 화해를 구하는 게 기술이다.

위의 일련의 과정을 겪고 싸움을 하면서 혹시 도움이 될까 싶어 싸움의 기술이란 책을 읽었는데 특별한 비법이 있었던 건 아니지만 그 책에 인상적이었던 구절로 글을 갈무리해본다.

"모든 싸움은 사랑이야기다. 우리는 친구와 사이좋게 지내라고만 배웠지 어떻게 잘 싸울 수 있는지는 배우지 못했다. 싸움도 의사소통의 한 방법이다."

가~파도

부처님 오신 날. 자비로운 마음을 가지고 절로 출발해야 했
는데 절은 아니고 섬을 잡았다. 배 시간이 10시고 티켓팅이
9시 20분까지라 아침부터 고래 보러가는 것도 아닌데 아이
들에게 고래고래 고함지르며 차타고 급출발. 티맵을 찍어
보니 목적지까지 간당간당한데 평화로에서 너무 막혀 수중
거북이가 토끼간을 구해 용왕님을 만나러 가는 것처럼 요
리조리 속도 올려 겨우 시간을 맞춰 도착. 티켓 끊고 한숨
돌리니 배 타는 시간. 설렐 시간도 없이 자리 앉았더니 10
분 뒤 도착이었다. 이윽고 가파도 선착장 도착~캬아 물색
보소. 푸른 물감을 풀어놓은 듯 이제서야 보이는 경치..

승객이 많아 가파도 입구 사진 찍는데서 기분내려고 기다리다보니 사람들은 하나 둘 어느새 다 사라지고 우리 가족만 남아 여유롭게 사진 찍고 경치 보며 좋아요를 남발하면서 우리의 목적인 올레길 걷기 도전!

시작점에서 여권에 스탬프 찍고 주위를 둘러보니 올레 표식이 안 보였다. 갑자기 당황스러웠으나 자전거 반대로 가는게 걷는 길이라 생각한 난 동네주민한테 물어 확인까지 받아서 가족을 이끌고 선두로 걸어가기 시작했다. 그런데 아뿔싸 중간중간 표지판을 보니 반대로 가는 것이 아니었는가~(역시 사람 많은데로 따라가는게 모든 길의 정석이란 걸 늦게나마 또 깨달았다)

안해(아내)님의 눈총을 받으며 도로 아미타불하기에는 너무 많이 왔다는 생각이 들어 묵묵히 역올레길을 걷는데 하나둘씩 아이들의 힘들다는 아우성. 경로를 이탈하려고 하고 있었다. 위기의식을 느낀 난 막내를 업고 꾸역꾸역 흐르는 땀을 훔치며 빨리 목적지에 도달하기를 바랐다. 이윽고 가파도 치안센터가 보이기 시작하며 순방향으로 걸으면

2시간이 걸릴 거리를 한시간만에 도착해서 종착점 스탬프 또 쾅 찍으며 올레길은 허무하게 10-1 가파도 코스 완주!

내 실수인데 생각했던 것과 달라 괜히 아이들에게 고성이 오가며 다시는 아이들과 같이 올레길은 걷지 않겠노라 다짐하며 마음의 소리로 간직하고 있어야 했는데 안해님한테 풀기 시작했다. 좋은 날 이 좋은 장소에 와도 아이들에겐 그저 심심한 장소였을텐데 너무 내 목적달성에만 눈이 멀었던 것 같다.

가~파도였는데 파도가 몰려온 듯 하였다. 안해님한테 급사과를 하고 분위기 수습을 위해 급히 청보리를 보러 가파초등학교쪽으로 발길을 돌렸다. 길 양쪽으로 풀이 서 있긴 하였는데 푸른 청보리는 간데 없고 황보리가 우리를 맞이해 주었다. 사방이 탁 트여 산방산도 보이고 뒤로 한라산도 흐릿하게 한눈에 들어왔지만 청보리가 아닌 것에 대한 실망이 컸다. 그래도 황보리를 배경으로 가족사진도 찍고 시원한 바람이 걸음을 가볍게 만들어주면서 아이들과 장난도 치기 시작했다.

기분이 환기되고 리프레시되면서 청보리 아니 황보리길을 구름에 달 가듯이 가는 나그네처럼 소망전망대로 이동, 그곳엔 하선한 승객의 반이 와 있는 듯 했다. 인파를 헤치고 소원을 매듭지었으며 곳곳 포토존에서 추억 남기기 찰칵.

가파도 벽화길 따라 여유 걸음. 봉그레이 언덕에서 소시지와 커피로 잠깐의 여유를 가지고 마지막 피치를 가하기 시작하여 다시 선착장으로 원위치. 마음에 밀물과 썰물처럼 파도가 왔던 가파도 여정은 한숨과 고성을 오가며 갑분싸하는 시간도 있었지만 다행히 잘 마무리되었다.

학이시습지면 불역열호아라

1강. 배우는 제주

맹모삼천지교. 맹자의 어머니가 맹자의 교육을 위해 세 번
이나 이사를 강행한 것으로 교육에는 주변 환경이 중요하
다는 가르침을 이르는 말.
그에 반해 노부서천지교. 노윤이의 아버지가 자기 즐거움
을 위해 애를 핑계로 일주일에 세 번이나 서귀포를 오가며
교육을 듣는 일.

맹자 어머니 = 요즘 나다. 맹자 어머니처럼 훌륭한 사람도

아니고 맹자처럼 훌륭한 성인군자를 만들자고 그런 건 더더욱 아니며 그냥 나를 위해 신청한 교육이 아이랑 같이 하면 좋겠다는 생각이 들어 상황이 커져버렸다. 수요일부터 목요일까지 1박 2일 서귀포 투어를 하는데 수요일은 중문동에서 노윤이(첫째), 미주(둘째)와 함께 K-댄스를, 목요일은 오전 예래동에서 마을지도 그리기, 저녁에는 서홍동에서 노윤이의 마을만화 그리기 수업을 서포터하고 있다.

왔다 갔다 하루 왕복 100Km 이상을 운전하고 있는데 주변 제주분들은 서귀포에 그렇게 자주 가는 걸 이해를 못 한다. 1년에 1번 갈까 말까한 서귀포를 1주일에 2번씩이나 가다니. 그리고 이렇게도 얘기한다. 제주 사람들은 죽으면 한라산으로 돌아간다고 믿는데 신성한 한라산을 함부로 자주 넘어가면 '큰 일' 난다고... 그러면 난 피식 웃으며 이렇게 얘기한다. '큰 일' 아니라 '작은 일'하러 가니 괜찮다고...

그런 마음이니 평화로를 타고 서귀포 넘어갈 때는 그렇게 평화로울 수가 없다. 라디오 주파수가 바뀌는지 찌지직 끊기며 쌀라쌀라 오성의 중국 방송이 나오면 스마트폰으로 '

학교가는 길' 음악을 켜고 우뚝 솟은 산방산의 기를 마주한다. 운전으로 어깨가 뭉치고 눈은 무겁지만 마음만은 가볍다. 몸은 힘이 드나 마음은 힘이 된다. 은행에 통장은 텅장이 되어가고 우크라이나 사태로 기름값은 치솟아 차에서 돈을 줄줄 뿜어대고 연료가 바닥나도 운행을 통해 도처에 널린 배움의 행운을 잡고 있다. 이윽고 도착해서 강의 들어가는 길 또한 꼭 여행가는 길처럼 설레고 셋째 노겸이의 어린이집처럼 기쁨반이다. 삶의 좋은 경험이자 새로운 활력소가 된다.

물론 막상 수업을 들을 때면 대학 때처럼 따분해서 책상에 손을 괴고 잠이 들기도 하고 몸치라 춤출 때면 동작을 따라가기 버겁고 아이들이 재미없다 힘들다고 달라붙어 징징댈 때면 괜히 신청해서 이 고생인가 후회도 든다. 특히 둘째 미주가 그러한데 뽀로로과라 그런지 노는 게 제일 좋고 배우는 건 질색한다. 그래서 댄스 수업 때 애를 먹는데 진도도 못 따라가고 미녀삼총사로 불리는 한주 늦게 온 또래친구보다도 못 한다. 그냥 프리댄스 추고 싶다며 힙합이고 머고 10분만 지나면 언제 끝나냐고 배가 고프다고 아우성일때는 혹을 데리고 온 거 같은데 그래도 옷을 맞추고 같이 춤추는 것만으로도 좋은 추억이 될 것 같아 자기 위안을 삼아본다.

이제 서귀포 가는 날도 얼마 남지 않았다. 돌아보니 제주는 그런 재주가 있었다. 타임머신을 탄 것도 아닌데 드라마 스물다섯 스물하나의 백이진처럼 대학시절로 돌아간 것 같이 느끼게 하는 재주, 대학생처럼 생활하게 하는 재주. 하고 싶은 것 맘껏 하게 하고 듣고 싶은 강의 맘껏 듣게 하고 보고 싶은 자연 맘껏 보게 하고 걷고 싶은 길 맘껏 걷게 하는 제주는 무엇보다 배움의 바다를 향해 먼 길도 마다 않고 항해해서 나아가게 하는 그런 재주가 있다.

 2강. 신청 신공

위에 언급한 배우는 건 재주고 결국 나의 재능은 뭘까? 뭔가 특출나고 남과 다른 특별한 능력이 있을까 곰곰이 생각해봤는데 배우는 제주 속에 답이 있다. 재능의 정의를 네이버 국어사전에서 살펴보니 어떤 일을 하는 데 필요한 재주와 능력. 개인이 타고난 능력과 훈련애 의하여 획득된 능력을 아울러 이른다고 되어 있는데 그러면 단언컨대 나의 재능은 신청 능력이다.

난 신청을 곧잘 한다. 이런 것도 재능일까 싶지만 제주 와서 이 신공을 발견했다. 공공도서관 프로그램부터 네이버 동네소식, 잇지 제주, 제주시청 홈페이지, 기타 등등... 인터넷 수시 방문을 통해 정보를 수집하고 나와 아이들에게 유익한 프로그램을 신청하고 요일별로 수집한다. 다 선착순 모집이라 조금만 늦으면 마감이고 솔드 아웃이다. 다들 무료 강좌인데다 인기가 많고 선호하는 수업들은 오픈 컷인데 이제 내공이 쌓였다.

특히 대면체험수업이 그런데 만들기를 좋아하는 첫째 노윤이를 위해서 그런 강좌들은 1분전 미리 들어가기 신공을 펼쳐서 새로고침으로 신청하곤 한다. 그렇게 어렵사리 얻은 수업을 애가 한번 듣고는 재미없다고 아빠가 신청했지 내가 하라고 했냐라고 쏘아붙이면 화가 올라오다가도 또 그런 비슷한 수업이 뜨면 언제 그랬냐는 듯 어느새 신청버튼을 클릭하고 있다. 주부라면 응당 있는 능력인데 이런 것이 재능인가 싶다가도 비교대상을 또래 남성과 비교해보니 좀 더 나은 거 같아 재능으로 치부해본다.

이런 재능으로 채워가는 제주의 시간. 경험이 자산이라는 생각으로 하나라도 더 경험시키고 싶은 아빠의 마음을 아이들이 알까? 알아줄까? 지금은 몰라도 나중에 그냥 애썼다는 것만 알아줘도 좋을 것 같다.

지금도 아이들이 하나라도 더 배우고 경험할 수 있었으면 하는 마음으로 또 신청 신공을 발휘해보는 밤이 지나간다. 아이들의 바람과는 달리 나의 욕심일지도 모를 배움을 좇아 한라산을 넘어 제주시와 서귀포를 넘나드는 어느 아빠 날다람쥐 이야기를 마친다. 속으로 재능교육이었다고 합리화해보며 이렇게 외쳐본다.

"배우고 익히면 이또한 기쁘지 않겠느냐"

P.S 아이유 서울 콘서트 예매 실패 대참사 ㅠㅠ

양육지책

문재인 전 대통령은 말씀하셨다. '사람이 먼저다'고...

나도 얘기한다. '아이가 먼저다'고...

결혼하고 아이가 태어나면서 우리 부부도 보통의 부모들처럼 우선 순위가 아이 중심으로 옮겨갔다. 어떻게 하면 아이들이 안 아프고 많은 경험을 해서 세상 사는데 혼자서도 잘 적응할 수 있을까? 걱정과 고민하는 마음으로 지금까지 아이들을 양육했다. 그런데 양육에 정답은 없는 거 같다. 나도 부모가 처음이고 아이들도 부모를 처음 겪는다. 아이들 성향도 제각각 달라 어느 장단에 맞춰야 할지 모른다. 다만 상황에 맞추어 애정과 냉정을 왔다 갔다 해야 되는 거 같다.

아이셋맨인 나의 예를 들어보자면 셋째 아들 겸이는 공룡 장난감에 집착한다. 제주도로 와서 낯선 어린이집 환경에 잘 적응하는게 기특해 대가성으로 사 달라는 거 다 퍼주다 보니 돈이 남아나질 못했다. 결국 아이에게 냉정히 '안돼'라고 자르기 시작했다. 처음에는 땅에 드러눕고 주위 창피하게 행동했지만 아랑곳하지 않고 뚝심있게 '안돼'를 밀어붙였더니 결국은 '선물 사주세요'라고 애교를 부리며 타협하기 시작했다.

둘째 딸 미주도 비슷한 경우인데 눈치가 빠르고 애교를 잘 부리는데다 첫째와 셋째 사이 샌드위치처럼 끼어있는 게 애처로워 많이 귀여워하고 사랑을 듬뿍 주었다. 그러다보니 공주과가 되어 자기 손으로 청소 정리를 한 적이 없다. 뭐 시키면 '해주세요' 애교를 피운다. 거기에 또 속아 주다 보니 하기 싫은 일은 말을 잘 안 듣고 버릇없이 굴 때가 종종 있다. 그러다 화라도 내면 '아빠 변했다'며 갑자기 울어버린다. 그래서 애정을 조금 거둬들이고 바로바로 지적해서 행동을 잡아줬더니 지금은 조금씩 정리를 하기 시작했다. 그래도 아직 멀었고 양육보다는 고육지책에 가깝다.

반면 첫째 딸 노윤이는 큰 애라 그런지 항상 기대하고 동생들을 잘 이끌어주길 내심 원했으며 잘못된 행동을 하면 혼을 많이 냈다. 그래서인지 몰라도 가끔 '막내였으면 좋겠다'며 애정을 많이 갈구한다. 특히 공모전에 집착하는 버릇이 있는데 선생님의 칭찬을 받고 나서부터는 더 집착한다. 나의 어린 시절과 비슷하게 좋은 담임 선생님을 만났고 그 분의 영향을 받아 내가 그러했듯 따라하고 모방했다. 그리하여 선생님이 글과 그림에 소질 있다고 시나 소설을 써보거나 그림을 그려보라는 말 한 마디에 보이는 공모전마다 응모하곤 하는데 나도 예전 생각이 나 애정을 가지고 열렬히 응원했다.

그리고 그 중에는 성과 나오는 것도 있어 수상도 2번 했지만 요즘에는 거기에 더해 채티라는 앱에 웹소설까지 올려 조회수 7,000건 이상이라며 내 블로그보다 많이 본다고 아빠를 놀려댔다. 그렇게 인문쪽에만 너무 과한 애정을 쏟다 보니 아무래도 국어성적은 좋은데 수학성적이 좀 낮고 벌써부터 수학을 싫어한다. 아이에게 냉정히 수학을 알려줘야 하는데 어떻게 개입해야 할지 판단을 못하고 지켜만 보고 있다. 마치 균형 있는 식사를 해야 하는데 편식하는 아이를 둔 것처럼 애정과 냉정 사이에 고민하고 있다.

위의 사례를 들어 보면서 애초부터 아빠로서의 적절한 감정코칭을 했어야 됐지 않나 후회도 들었다. 아이들을 돌본다고 말만 번지르르 앞세워 지시하고 윽박지르고 편리한 쪽으로 해결하려 감독만 한 결과로 내가 아이들을 버릇없이 만든 건 아닌가 자책도 들었다.

이처럼 나의 세 아이들은 다 성향도 다르고 성격도 다르다. 그래서 양육은 어렵고 지금도 하고 있지만 아직 육아와 교육에 대해 잘은 모르겠다. 다만 매일을 애정과 냉정 사이 외줄타기하고 있을 뿐이다. 그래도 한 가지 깨달은 건 흘러가는대로 아이의 감정을 수용하되 나쁜 행동은 한계를 그어주고 수정해주려고 노력하는 부모가 되어야 한다는 것이다. 아이의 감정이 감점이 아니라 강점이 되게 애정을 가지고 지켜봐주고 이성적으로 냉정히 보살펴 줘야겠다는 다짐을 다지며 오늘도 고육지책에 가까운 양육지책을 쓴다.

건너 편 - 혹시나 해서

김정환   김정환

멀 어 졌 나 봐 니 모 습   안 보 이 는 걸 보 면   가 려 졌 나 봐 눈 가 에
헤 어 졌 나 봐 내 머 릴   쓰 다 담 는 걸 보 면   울 컥 했 나 봐 니 칫 술

눈 물 맺 힌 걸 보 면   이 제 너 에 겐 별 의 미 없 는 걸 옹 인 데 이 별 일 텐 데
남 아 있 는 걸 보 면   이 제 너 와 난 서 로 엇 갈 린 걸 옹 인 데 이 별 일 텐 데

그 래 도 너 를 바 라 보 는 건 그 림 자 라 도 혹 시 나 해 서   레 - 인
그 래 도 너 를 기 다 리 는 건 가 려 진 마 음 혹 시 나 해 서

내 편 였 잖 - 아 왜~   돌 아 서 는 데 레 - 인   건 너 편 이 잖 아 나 만

남 아 있 는 데 십 이 월 이 십 오 일 같 던   특 별 한   우 리 사 이 는

십 이 월 이 십 육 일 같 은 흔 한 날   이 별 이 었 네

PART2. 리스해도 괜찮아! 리스트가 있으니까

플레이리스트

1. 회전목마

돌아가는 시곌 보다가 청춘까지 뺏은 현재

탓할 곳은 어디 없네 forty two세에게 너무 큰 벽 (중략)

빙빙 돌아가는 회전목마처럼 영원히 계속될 것처럼

빙빙 돌아올 우리의 시간처럼 인생은 회전목마

– 소코도모, 회전목마 노래 중

이 칸에 타시겠습니까? 이 칸은 승진칸입니다.

아니요? 다음에 타겠습니다.

이 칸에 타시겠습니까? 이 칸은 가족칸입니다.

네. 이번에 타겠습니다.

지금 돌아가는 인생의 회전목마를 타려는데 5칸의 선택 말이 있다. 승진칸도 있고 가족칸도 있고 건강칸도 있고 재테크칸도 있고 내집마련칸도 있다. 이 5칸의 선택 말 중 하나만 선택해야 된다면? 그렇다. 지금 내가 고민하고 있는 선택칸 이야기다.

사라지는 것들 주제를 접하면서 내가 즐겨듣는 노래 플레이리스트를 보다 문득 내가 듣는 노래가 요즘 나의 심경과 닮아 있구나라는 생각이 들었다. 특히 위 회전목마라는 노래에 빠져 있었는데 마침 1월 인사철이라 여기저기서 누가 승진했고 누가 떨어졌다는 소식들이 들려 왔다. 그중 친구 녀석이 이번에 6급 승진했다며 전에 내가 일한 경자청(경제자유구역청)에 가게 됐다고 연락이 왔다. 처음에는 너무 잘 됐다며 축하를 해주고 경자청에 대해 내가 아는 정보도 알려주었다. 그런데 전화를 끊고 나니 뭔가 아쉽고 억울하고 답답한 마음이 들었다. 겉으로는 축하를 해주면서 내면에는 나도 모를 질투심이 쌓여 있었나 보다.

그만두지 않고 계속 일을 했더라면 나도 빠르게 승진 대상이 아니었을까 하는 욕심이 울컥 올라왔다. 만약에라는 가정은 아무 도움도 되지 않는 희망고문 같은 것인데도 나는 한편 그런 것에 마음을 기대어 내 속을 조금이라도 누그러뜨리고 싶었다. 인간은 어차피 이중적인 면을 가지고 있다고 하지 않았나. 이래서 사촌이 땅 사면 배가 아프다 그랬던가. 친한 친구이고 그만한 노력으로 얻은 결과인데도 불구하고 막상 들으니 왠지 억울한 기분이 들었다. 나랑 얼마 차이 안 나는 속도로 갈 줄 알았고 승진 같은 건 뒷전이라고 생각했는데 그게 아니었나 보다.

시간이 지나면서 나는 현재의 상황을 합리화하는 단계로 접어들었다. 그 친구랑 난 가는 길이 다르다고 나중에 어디서 어떻게 만날지 모르는 일이라고 자기 암시를 하기 시작했다. 아침에 일어나 아이들을 등원시키는 길 돌담에 핀 장미를 만나면 기분 좋은 하루가 시작되고 아이들이 손 흔들어주고 막내가 뽀뽀를 해주면 그 순간만큼은 누구에게도 부럽지가 않았다. 더럭초등학교에서 아이들끼리 술래잡기하고 깔깔거리며 웃을때는 햇살만큼 밝아지는데, 그래, 이게 행복이고 지금 내가 탄 칸은 가족칸이야. 이 칸에 충실해야 해. 이 칸에서 육아와 살림이라는 내 역할을 다하고 즐겨야 돼. 이런 시간은 쉽게 갖지도 놓치면 돌아오지도 않잖아. 아이는 부지불식간에 불쑥 자라고 같이 커가는 과정을 함께 한다는 건 대단한 거야. 당연한 것은 없어. 누군가의 배려와 희생이 평화를 가져다 준다는 거 겪어봐서 알잖아. 억울해하지 말고 지금 불어오는 순풍에 돛 단 듯이 같이 실려가자!

2. 물어본다

많이 닮아 있는 것 같으니?
어렸을 적 그리던 네 모습과 순수한 열정을 소망해오던
푸른 가슴의 그 꼬마아이는 무엇을 잃고 무엇을 얻었나
(중략)

어른이 되어가는 사이 현실과 마주쳤을 때

도망치지 않으려 피해가지 않으려

내 안에 숨지 않게 나에게 속지 않게

그런 나이어 왔는지 물어본다

부조리한 현실과 불확실한 미래에

부끄럽지 않도록 불행하지 않도록

– 이승환, 물어본다 노래 중

그러다가도 답답한 마음이 일어 또 올레길을 걸었다. 모두가 달리는 시기에 부화뇌동하지 않고 뚜벅이처럼 이 길 위를 걸으며 물어봤다. 잘 살고 있나? 이 길이 맞나? 이루어 놓은 게 없다는 생각이 드는 건 왜일까? 아님 지금 가진 게 충분한데 만족을 못 하는 건 아닐까? 길을 걷는다는 건 스피드는 느려도 주마간산하지 않는다. 올레의 의미처럼 거리에서 대문까지 집으로 드나드는 아주 좁은 제주의 골목들을 중국의 후통 투어하듯 누벼본다. 천천히 주위풍경을 음미하고 같이 호흡하며 내 발자국과 새 소리를 듣는다. 돌담으로 이뤄진 집과 환해장성을 만난다. 돌이 엉성하게 이어진 것 같은데 고려시대 삼별초때부터 지금까지 무너지지 않은 게 대단하다. 사이사이 뚫린 구멍으로 강한 바람과 태풍을 보내고 혼자였으면 무너졌을 돌이 함께 쌓았더니 세월이 함께 쌓여 있었다. 현무암으로 이뤄진 돌담의 틈에서 잠시 이 시기 조바심의 틈을 메운다. 길을 헤메이고 올레 매듭을 놓쳐서 진흙이고 길인가 싶은 곳도 내가 걸으면 길이었고 이어져 있었다. 아니 누군가 벌써 걸었고 흔적이 사라졌을 뿐 다시 매듭이 나왔다.

올레길에서 속도는 중요하지 않다. 그날 코스에 처음 중간 끝 지점이 있고 그 방향만 이탈하지 않으면 도착하게 표시되어 있다. 걷다보면 상념에 잠긴다. 왜 그렇게 푸념하고 살았을까? 근데 또 난 그렇게 푸념하고 들어주는 이가 있어야 풀리는 스타일이기도 하다. 제주 생활은 다 좋은데 소주 한잔하면서 이렇게 푸념할 수 있는 사람이 없어 아쉽다. 아내와는 주종(난 소주파, 아내는 맥주파)이 달라 하소연 할 수도, 스트레스 풀 수도 없어 길 위에 푸념을 늘어놓는다.

걸으면서 내린 푸념의 끝은 지금의 가족칸에서 언제까지나 있을 수는 없다는 것이다. 시시각각 상황은 변하고 있고 나의 사정도 달라졌고 턴이 바뀌어 조만간 다시 일에 복귀해서 회전목마 승진칸에 타야될 것 같다. 그렇지만 내 TPO에 맞게 듣고 있는 현 시점의 플레이리스트 노래들이 계속 남아있듯 지금 나를 돌아본 시간과 기억, 가족간의 추억은 사라지지 않았으면 좋겠다.

그리고 마지막으로 물어본다라는 노래처럼 순수한 열정을 가진 꼬마아이가 막상 복귀했을 때 현실에 도망치지 말고 피해가지 않는 어른아이가 되었으면 좋겠다는 바람을 남겨보며 영화 소공녀처럼 주저주저 주저말고 나의 길을 가고 있다고 외쳐본다!

버킷리스트

버킷리스트 주제에 충실하기 위해 버킷리스트란 책과 영화를 챙겨봤다. 마치 어릴 때 논술 지문을 받으면 그 지문 속 단어들을 반복해서 내가 이 주제를 잘 이해하고 주장하고 있구나 말하는 것처럼. 하지만 영화를 봐도 책을 봐도 딱히 마음에 on것은 없었다. 다만 두 수단을 통해 얻은 것은 후회 없이 살자! 죽기 전에 후회없이 이루거나 하고 싶은 게 있음 다 하고 살자라는 깨달음 정도. 그리고 그럴려면 죽기 전에 이뤄야 할 자신과의 약속 버킷리스트를 작성해두는 게 좋다는 것!

특히 영화에서는 이러한 깨달음을 주기 위해 처음과 끝장면을 수미상관식으로 똑같이 표현하는데 죽음에 이르러 주인공 에드워드의 눈은 감겼지만 가슴은 열렸다라고 강조한다. 그런데 이후에 본 오징어게임이 더 인상적이었던데다 '이거 1번 참가자 오일남의 버킷리스트네' 아무 상관없어 보이던 오징어게임에서 유레카를 외치고 싶은 연관성을 발견하였기에 그 점에 착안하여 오징어게임 이야기로 버킷리스트를 풀어보겠다.

얼마 전 넷플릭스 오징어 게임을 봤다. 원래 난 약간 붐비면 조용한 데를 찾는 NO의 기질이 있어(사담이지만 애들 이름 지을 때도 노윤, 노겸 노를 선호했는지 모른다) 유행하고 남들 다 챙겨 볼 때는 일부러 안 보고 저장 해놓다가 시들할 때 혼자 몰아보곤 하는 이상한 심리가 있는데 오징어 게임도 이제야 봤다. 둘째 처형이 제주 놀러오면서 넷플릭스 공유를 걸어줘 부담도 없는데다 하도 재밌다는 얘기를 들어서인지 갑자기 급 생각이 나서 시청모드로 들어갔는데 1편부터 9편까지 연속 재생이 되길래 끊지도 못하고 재밌어서 계속 이어봤다. 그리고 또 엄마가 놀러와 보고 싶다고 틀어달라 해서 2번차 관람했다. 유명한 짤로만 봤던 나 어릴 때 놀이였던 무궁화꽃이 피었습니다부터 달고나게임, 구슬치기, 줄다리기, 징검다리 건너기, 마지막 오징어게임(우리 동네에서는 오징어 달구지로 부름)까지 너무나 옛 생각(향수)도 나고 그때의 골목문화와 놀이들이 그립기도 하였다.

그런데 아이들의 놀이는 그냥 순수하게 이기고 지는 정도였지만 이 드라마 속 놀이는 서바이벌머니 생존게임이었다. 게임에서 지면 죽고 서로가 서로를 죽고 죽이면서 끝까지 살아남는 사람이 거액을 챙기는 어른들의 잔혹 동화. 불평등과 재미가 생존게임이 되는 세상 속 너무 현실이 불공정하고 잔인한 지옥 같아 오징어잡이배의 밝은 불에 뛰어들어야만 하는 오징어 같은 참가자들은 오로지 돈을 통해서만 구제될 수 있다는 믿음과 신념으로 한번은 거절했으나 죽음의 게임에 재참가한다.

그 중 첫 번째 참가자 뇌종양에 걸린 치매노인 1번 오일남(오영수 배우)과 마지막 참가자 철없고 오지랖만 바다같은

실직가장 456번 성기훈(이정재 배우)의 캐릭터가 인상적이었는데 둘은 나중에 깐부까지 맺으면서 우정과 의리를 나누지만 그래도 둘 중 하나 살아남아야하는 구슬치기 앞에서는 456번이 배신과 거짓말을 한다. 그렇게 해서 여섯 가지 생존게임을 다 이기고 최종 승리자가 되어 456억을 챙긴 456번.

그런데 마지막 9편에서 반전이 있었다. 1번 참가자가 이 게임의 설계자였고 이 게임에 참가하는 것이 그의 버킷리스트였다는 것. 오징어게임 전체적으로 잔인하고 비정한데다 게임하듯 살상하는 사회를 부추기는 것 같아 눈살이 찌푸려지곤 했다. 그리고 재미있다 재미는 있다 연발하면서도 마음이 움직일 정도는 아니었는데 9편을 보면서 마무리가 너무 좋아 의미를 곱씹게 만들었다.

오일남이 깐부였던 성기훈을 초대하면서 물어본다. 세상은 살 만한가? 사람을 믿나? 저기 영하의 추위에 술취해 누워있는 노숙자를 도와주는 사람이 있을까? 내기를 하지... 세상의 악함과 자신의 즐거움을 위해 잔혹한 게임을 설계

한 오일남은 죽기 직전까지 재미를 위해 내기를 제안한다. 철없고 능력에 비해 오지랖만 넓지만 마음 한 구석 따뜻함이 있는 성기훈은 세상은 살만하다고 그 사람을 도와주러 누군가 나타날꺼라고 외치며 내기에 응한다. 그리고 결국 데드라인인 밤 12시에 오일남은 눈을 감았지만 지나가는 행인의 신고로 노숙자를 구하러 경찰차가 출동하면서 노숙자는 살고 성기훈은 내기에 이겼다.

오징어게임을 보면서 그냥 죽고 죽이는 생존서바이벌머니게임에 그친게 아니라 오히려 아직은 사람을 믿고 살만한 세상을 만들어가는 사람들이 있다는 것을 보여준 것이 너무 좋았다. 그리고 그 중심에 성기훈이 있었지만 이 드라마의 중심은 오일남이었다.

그는 성기훈에게 이렇게 말한다. 돈이 너무 없어도 삶이 재미없지만 너무 많아도 삶이 재미없다고. 그는 죽음을 앞두고 죽기 전에 이뤄야 할 자신과의 약속 버킷리스트로 어릴 적 고향친구들과 골목에서 재미있게 놀았던 놀이들을 하고 싶었다.

아무리 돈이 많고 할 수 있는 게 많아도 어릴 적 그 시절 그 느낌으로 재미있게 놀아보는 것은 쉽게 할 수 있는 건 아니었다. 그래서 그럴만한 사정이 있는 사람들을 거액의 돈으로 유혹하며 잔인한 규칙으로 게임에 참여시켰다. 본인은 안전하게 그냥 재미를 느끼고 싶어 버킷리스트를 실천했지만 남들에게는 즐거움보다는 살아 남아야 한다는 공포로 남았을 오징어 게임.

오징어게임을 보면서 영화 버킷리스트를 떠올렸고 버킷리스트라도 누군가에게 피해를 주면 안된다는 윤리의식도 필요하다는 걸 느꼈다. 과연 오일남은 영화 버킷리스트 에드워드처럼 죽으면서 눈은 감겼지만 가슴은 열렸을까? ?

나의 버킷리스트를 작성해보고 싶다는 생각이 불현듯 들었다. 그래서 버킷리스트 책에 적는 칸이 있어 적으려는데 아직 하나에서 더 나아가지 못했다. 그 하나는 언젠가 나도 안전한 항구(한국)를 벗어나 한번쯤은 모험을 통해 세계방방곡곡을 누비며 세계도시별 한달 살기를 실행하고 싶다는 것이다. 그러면 마지막이 왔을 때 후회없이 눈은 감겨도 가슴은 열리게 되지 않을까 상상해보며 이제부터라도 나의 버킷리스트를 하나 하나 추가작성해보고 실행할 날이 곧 오기를 희망해본다. 일단 가까운 약속부터 하려고 나의 40대 버킷리스트부터 작성하며 갈무리한다!

40대 버킷리스트(feat. 8년의 약속)

1. 첫 단독 에세이집 내기
2. 청약해서 내 집 마련하기
3. 두바이, 발리 등 여행하기
4. 유재석, 아이유 등 유명인 만나보기
5. 나만의 정책 만들기
6. 유튜브 가족영상 만들고 편집해보기
7. 1년에 12권 책 읽고 블로그 서평해보기
8. 골프, 수영 등 나만의 취미운동 배워서 건강하기

스페셜리스트

1씬. 신구간

제주에 살면서 제주만의 풍습에 신기하게 생각했던 게 몇
가지 있었다. 억새 태우는 새별오름 들불축제나 정월대보
름 풍습, 포제 할망당 굿도 그렇고 도대불 등명대도 그렇고
바다가 터전인 해녀들의 옷 갈아입는 불턱이나 숨비소리도
그렇고 육지에 비해 쌀이 귀해 방앗간이나 떡집이 별로 없
었던 것도 그렇고 마을 곳곳에 용천수가 있고 그 곳에서 빨
래나 목욕(수영)을 했던 문화도 신기했다. 그렇지만 뭐니
뭐니해도 제일 신기하고 흥미로웠던 것은 바로 신구간이라
는 풍습이었다.

★ 신구간

제주도에만 있는 세시풍속. 대한 후 5일에서 입춘 전 3일까지의 약 일주일을 이르는 말로 이 기간은 이른바 신구세관이 교대하는 과도기간으로 지상의 모든 신격이 천상에 올라가 새로운 임무를 부여받아 내려오기까지의 공백기간이다. 따라서 이 기간에는 지상에 신령이 없는 것으로 관념되고 있다. 그러기에 이 기간에는 이사나 집수리를 비롯한 평소에 금기되었던 일들을 하여도 아무런 탈이 없다 하여 여러 가지 일을 마음놓고 하는 기간. 대략 1월말 2월초 추정.
출처: [네이버 지식백과] 신구간

위 정의에서 보았듯 영화 [신과 함께2]에서나 보았던 성주신(마동석역) 의 풍속 같은 신구간을 마주한 건 처음 제주에 집을 구할 때였다. 신구간에 이사하는 집들이 많다고 부동산중개인이 말했을 때는 그냥 그런가 보다하고 웃었다. 근데 살면서 직접 겪다보니 너무 신기하고 이로운 일이었다. 신구간에 맞추어 서로가 오가고 모든 쇼핑(면세점, 마트, 디지털프라자 등)이 이때 대대적인 세일을 하며 당근마켓(제주에선 필수앱)이나 벼룩시장에 매물이 풍성하게

83

나와 필요한 물건을 싸게 득템할 수 있었으니 말이다.

2씬. 생 신구간

제주에 신구간이 있다면 우리집은 생 신구간이 있다. 일명 자기탄생을 기념하는 주간으로 생일 전 5일에서 생일 후 주말 2일까지를 일컫는다. 신구간은 신이 자리를 비어 이사를 가는 게 주지만 우리집은 신들이 자기 생일을 챙겨달라며 미리부터 압박을 하고 선물을 달라는 게 주다.

우리집에는 다섯 신이 있다. 큰 애가 좋아하는 그리스로마 신화를 빗대어보자면 만들기에 일가견이 있는 첫째는 대장장이의 신 헤파이스토스, 잠들면 깨지 않는 둘째는 잠의 신 히프노스, 완벽한 귀여움을 장착하고 있으나 잠 올때는 왕짜증이라는 결점이 있는 셋째는 헤라클레스, 마스크를 착용했을 때 더 빛나는 안해는 미의 여신 아프로디테, 분위기 타면 술을 물처럼 마셔대는 난 포세이돈이다. 이 다섯신은 애월 광장에 모여 매일 식탁회의를 열었는데 다들 신의 이름처럼 행동해서 집안이 안 시끄러운 날이 거의 없었다.

특히 각자의 생 신구간이 돌아오면 장난이 아니었는데 또 생일주간이 3월과 8월중 후반에서 9월까지 부모와 아이 끼리 한데 몰려있어 더욱 더 서로를 힘들게 하였다.

올해 3월도 예외가 아니었다. 늘 생 신구간의 첫 스타트를 끊는 나 포세이돈은 3월 첫째주 생일주간을 맞아 힘들었던 애들과의 겨울 방학생활과 코로나 감염이라는 아픔을 이겨 내고 슈퍼항체를 얻었기에 책 홍보 겸 오랜만의 회포를 풀고자 한달 전부터 서울행을 계획하고 추진했었다.

그런데 그 무렵 오미크론의 성행으로 수도권을 비롯해 전국적으로 20~30만의 사람들이 코로나에 걸리고 격리 검사되고 있는 위기상황이라 안전을 위해 결국 비행을 포기했다. 그리고 그 아쉬움을 풀고자 선택한 것이 호캉스. 생일날 제주의 랜드마크 그랜드하얏트호텔에 숙박했다.

생일에 맞춘 35층 오션뷰와 탁 트인 제주시내 전망이 너무 좋았고 수영장에서 안해랑 오랜만에 둘이서 온수풀도 누렸다. 그리고 드림타워 내 한 컬렉션에서 생일 맞이 아이들의 옷 쇼핑선물까지 더할 나위 없었다. 여기에 화룡점정을 찍어줄 생 신구간의 자축 플렉스 최신 폰 교체까지. 난 제주의 신구간처럼 평소에 아껴두었던 일들을 마음놓고 벌였다. 매우 만족스러웠고 무료한 일상에 너무나도 큰 활력소가 되었다. 물론 다음 달 카드값 걱정이 뇌구조의 반이상을 차지하긴 했지만......

그런데 부부는 닮는다고 했던가? 좋은 것만 닮아야 되는데 이 생신구간을 안해도 따라하기 시작했다. 3월 셋째주를 맞아 1주일 전부터 카톡에 명품가방리스트가 하나씩 날라오더니 결국엔 백을 하나 지정해서 사달라고 답정너(답은 정했으니 너는 실행) 해버렸다.

'그래 선물은 당연히 사줘야지' 생각하면서 다 끝났구나 생각했는데 생일 전날 또 3단 콤보로 압박하는 것이 아닌가? 편지, 미역국, 케이크 생각에 자정까지 잠 못 이루고 안해님의 생일 아침을 위하여 미역국을 끓이고 편지를 온 마음 다해 썼다. 난 생 신구간이라해도 그냥 내하고 싶은 것만 같이 해달라는 거였는데 안해는 정성까지 바랬다. 결국 요구사항을 다해주고 미역국은 맛있었다는 얘기를 들으며 무사 안녕히 잘 넘어갔다. 아니다, 캠핑장에 비가 와서 내 잘못도 아닌데 빗소리 같은 잔소리도 좀 들었더랬다.

휴~~림......

이제 8월부터 시작되는 아이들의 생 신구간만 남았다. 한 달 전도 아니고 벌써부터 쿠팡에 선물 담았다느니 닌텐도를 사달라니 수영장 있는 호텔을 가자니 아이들의 설렘말들이 많다. 주식보다 더 빠르게 선반영되는 이 생 신구간. 이것도 유전인가 싶을 정도로 무섭게 학습하는 아이들을 보며 생 신구간을 없애야 되나 이제는 고민도 된다. 그럼에도 불구하고 생의 무료함을 없애는 특별한 무기이자 풍습으로 자리잡은 생 신구간들의 날들이 있어 오늘도 우리 부부와 아이들 세 바퀴 달린 집은 잘도 굴러간다.

보랑해

※ 아이유, BTS, 글수다 정환의 공통점은?

– 바로 보라색(purple or violet)

고유어인 보라색을 정의해보면 파랑과 빨강이 겹친 색. 우아함, 화려함, 풍부함, 고독, 추함 등의 다양한 느낌이 있어 왕실의 색으로 사용. 심리적으로는 쇼크나 두려움을 해소하고 불안한 마음을 정화시켜주며, 창조적이고 직관적 자기확신으로 정신적인 보호기능을 한다.

[출처: 네이버 지식백과] 보라 [Purple]

1장. 내가 좋아하는 색깔은 보라

아이유는 작년 앨범 라일락부터 예전 옷, 네일, 악세사리까지 보라색을 좋아하는 걸로 유명하다. 그리고 BTS는 보라해라는 유행어를 남길 정도로 앨범이나 팀색깔이 보랏빛이고 6월 전세계에 출시된 맥도날드 BTS세트(출시되자마자 바로 먹방함)도 보라색이었다. 그리고 마지막으로 어깨를 견주고 싶은 난 가방과 노트북 케이스부터 몇벌의 옷, 모자, 아이유 팬클럽 유애나4기까지 활동하며 보라색을 정말로 사랑한다. 보라의 정의에서 보았듯 보라는 혼자만의 독특한 색이라기보다 빨강과 파랑 기운이 물들여지는 색이다. 물들기에 따라 보라도 파스텔 연보라부터 찐한 자주색까지 다양한데 그런 물들이는 색채가 나한테는 곱고 아름답게 눈에 들어왔다.

그럼 언제부터 보라가 끌렸을까? 시초는 강수지의 보랏빛 향기 노래를 좋아했던 거 같다. 그러나 단순히 노래를 좋아한 것이었고 본격적으로 보라색을 사랑하게 된 계기를 찾다보니 20대는 아니었고 30대 들어서였던 거 같다. 여행을 좋아하는 난 여행프로그램을 즐겨 보았는데 배틀트립에서 본 홋카이도의 라벤더가 강렬히 눈에 들어왔다. 그리고 뒤이어 대한항공의 광고 CF 크로아티아편에서 흐바르섬의 라벤더 영상까지 연타로 자극. 어떤 사진 한 장보고 불쑥 그 장소에 가버리는 사람들처럼 나도 그런 충동을 느꼈고 실제 홋카이도는 못 갔지만 크로아티아는 갔다. 물론 흐바르 섬에는 일정이 안 맞아 못 들어간 아쉬움은 있었지만...

그런 라벤더 사랑이 꽃의 향기로 차로 꼬리에 꼬리를 물듯 이어졌고 결국엔 내가 좋아하는 색깔까지 보라색으로 물들었다. 보라를 좋아하다보니 내가 끼는 안경이며 모자며 옷이며 가방, 노트북케이스 등 소품까지 무엇을 사든지 간에 보라색이 있는지부터 찾게 되었다. 그리고 연예인도 아이유며 방탄소년단이며 보라가 들어가면 일단 궁금해서 들어보고 노래도 좋아졌다. 불혹에 들어서면서는 라벤더뿐만 아니라 보라가 들어가는 꽃들도 좋아지기 시작했는데 대표적으로 수국에 버베나며 맥문동까지 본능적으로 느끼고 끌려 들어갔다.

2장. 제주에서 보라 찾기

서울 가서 김서방 찾듯 제주로 이주하면서 보라색을 더 찾아다니곤 했다. 애월 집이나 곽지 해변에서 자주 석양 너머 해지는 노을녘을 바라보다 찰나의 짧은 순간 보랏빛을 맞이하면 그렇게 기쁠수가 없었다. 그 순간은 유퀴즈 온 더 블럭에서 황정민 배우가 말한 매직아워가 아닐 수 없었다. 보라는 가시광선 영역 안에서 볼 수 있는 색상 중에 가장 파장이 짧기 때문에 일몰에서 볼 수 있다는 건 정말 큰 행운이자 네잎클로버 같은 순간이었다. 그리고 집 근처 고내리 항구로 내려가다 보면 달력 카페가 나온다. 보라색 지붕에 보라 간판에 꽂혀 대부분은 교촌치킨을 사가면서 보긴 하지만 가끔은 앉아 커피 한잔 하며 쉬어갔다.

6월부터 8월까지 제주의 여름에는 보라색 수국이 만개했었다. 애월 집에도 수국꽃을 보기 위해 6그루 키워 보았는데 똥손이라 그런지 5그루는 시들고 1그루만 싱싱한데 아쉽게 꽃은 안 피웠다. 제주에는 수국 명소가 많은데 좋았던 곳은 종달리 해안도로, 안덕면사무소 주변, 우도 수국길이었다.

3장. 끝까지 보라 퍼플교

보라를 좋아해서 결국은 찾아간 천사섬 신안 퍼플교. 제주
도에 안 가본 곳도 많고 갈 곳도 많은데 애들 방학을 맞아
피서 겸 여름휴가로 목포까지 배타고 장정 2시간 운전하여
찾아간 나의 올해 버킷리스트 신안 퍼플교. 기어이 들어갔
다. 퍼플교는 안좌면 내 반월도, 박지도 두 섬을 직사각형
모양 다리로 이어놓았는데 총 길이가 무려 1,462미터에 달
했으며 박지마을에서 평생 살아온 할머니의 소망(할머니
의 간절한 소원은 살아 생전 박지도 섬에서 목포까지 두발
로 걸어가는 것)이 담겨있는 다리로서 나도 그런 마음으로
걸어보았지만 여름 땡볕에 엄청난 길이를 걷다보니 더위
만 먹었다. 중간에 지쳤는데 다행히 휴식을 취할 수 있는 팔
각정이 있어 거기 카페에서 아이스크림과 커피로 에너지를
재충전했다.

바람이 불어와 나에게 속삭였고 온통 보라로 칠해진 다리
와 건물, 맑은 파란 하늘과 바다가 여기 오길 잘 했다고 격
려해 주었다. 그 격려에 힘을 내 약 2시간 가까운 길을 끝

까지 돌긴 하였는데 걷다 온 것만 같아서 다음에는 숙박하며 천천히 둘러보면 좋겠다는 생각이 들었다. 물론 걷는 것만으로도 난 좋았지만 같이 간 가족들은 여긴 어디? 난 누구? 뚱해 있었다는 건 안 비밀!

보랑해(보라 사랑해)
보라에 관한 나만의 단어를 만들어보며 이상 물보라, 눈보라까지 좋아지고 퍼플교를 신봉하며 보라색에 꽂혀 사는 어느 보라 덕후 이야기였습니다.

P.S
여담으로 얼마 전 컬러테라피 교육을 받았는데 제 예상으론 저를 대표하는 색은 보라색이라고 굳게 믿었습니다. 그런데 결과는 대반전. 보라와 반대의 터키석 색상 터콰이즈와 블루그린이 나왔네요. 자기가 가진 본연의 색과 반대되는 보라가 끌렸다는 이야기를 하고 싶었습니다...

나비 효과

21년 봄에 있었던 일이다. 3.14(일)~3.16(화) 2박3일 일
정으로 부산을 다녀왔다. 안해님이 독박육아하느라 고생했
다고 번갯불에 콩 볶아먹듯 위의 날에 맞추어 육아휴가를
주셨다. 사실 서울을 가고 싶었지만 코로나가 진정되지 않
아서 고향 부산으로 눈길을 돌렸다. 일, 월, 화요일 일정이
라 회사 다니는 친구들 스케줄 맞추기 어려운 일정이었지
만 되는 친구들 위주로 약속을 잡고 가성비 비행기 요금을
내고 가벼운 마음으로 부산에 첫 발을 내딛었다.

오랜만에 육지를 밟고 숨을 들이마셨는데 새삼 다른 느낌이었다.(입도한지 몇 개월 밖에 안됐는데 오랜만에 온 거 같은 기분) 그때부터 제한된 시간 안에 최대한 만남을 위한 타이트한 모임의 연속이 시작되었다. 첫날 공항 마중 나온 동생과 카페투어를 시작으로 20년 지기 친구와 해운대에서 술 한잔, 둘째 날 기장 친구들과 곱창에 술 두잔, 직장에서 만난 후배랑 술 석잔, 마지막 날 비행기 타기 전 직장동기들과 커피까지 거의 쉴 틈 없이 만나 수다 떨고 놀았다. 물론 만날 때는 5인 이상 집합금지에 따라 최대 4명, 마스크 착용 및 손소독, 철저한 방역수칙을 지키면서 반가운 만남을 가졌다. 그리고 다시 제주공항으로 원위치.

집으로 가기 전 혹시나 하는 마음에 선별진료소에 들러 코로나 검사를 받았다. 코를 막 쑤시고 아파 기분이 잠깐 별로였지만 무사히 잘 끝났다는 안도와 내일 오후 3시 결과를 보내주겠다는 안내를 받고 집에 와서 두 발 뻗고 태평하게 잤다. 그런데 다음날 정오부터 걱정인형이 나를 부르기 시작했다. '혹시나 양성반응 나오면 어쩌지?' '마스크 잘 끼고 있었지만 확진자랑 스쳤으면 어쩌지?' '무증상감염도 많다는데 그거면 어떡하지? ' 별의별 생각이 상상의 꼬리를 물고 걷잡을 수 없이 퍼지기 시작했다. 그 순간 난 김기림 시인의 「바다와 나비」처럼 나비가 되어 있었다.

바다가 무섭지 않았던 나비는 청무우밭인가해서 내려갔다가 어린 날개가 물결에 젖어 지쳐서 돌아온 것처럼 나도 평상시 생각지 않고 무섭지 않던 코로나라는 녀석이 검사를 받고 결과를 기다리면서 무서워지기 시작했으며 마음이 지쳐가고 있었다. 3시가 넘었다. 시계를 계속 보고 휴대폰 문자를 보고 또 봤지만 결과는 함흥차사였다. 코로나에 대한 생각은 무서움에서 두려움, 걸렸다는 의심병까지 퍼졌다.

그러면서 갑자기 만약을 생각하게 되었다. 만약 걸렸을 경우 '나와 접촉한 내 가족은? 나를 만나준 10여명의 벗들은? 나의 이동선상에 있던 무수한 사람들은? 다 검사하고 자가격리 해야 되는 걸까? 내가 그런 피해를 입혔단 말인가? 나를 믿어주고 만나준 소중한 사람들에게 폐를 끼친다는 건 정말 죽기보다 싫은 일인데 내가 아무 생각 없이 무책임하게 행동했구나!'

도무지 정리가 되지 않았다. 나는 나비였고 코로나 생각은 나비효과였다, 브라질 작은 나비의 날갯짓이 텍사스 토네이도를 몰고 오듯 코로나 생각은 그렇게 퍼져 나의 일상을 마비시키고 있었다.

핸드폰이 진동하며 4시 40분 톡. 드디어 고대하던 문자가 날아왔다. 내 마음도 진동하며 떨리는 손과 마음을 부여잡고 조심스럽게 문자를 열어 보았다.

 "3월16일 제주국제공항 워크 스루 선별진료소에서 실시한 코로나19 검사 결과는 음성입니다."
'아~ 살았다'

그동안의 마음고생을 털어내고 나를 안도하게 해준 몇 줄의 문자. 홀가분하게 다시 일상으로 돌아왔다. 바다에 젖은 나비에서 회복된 나비로...코로나가 빨리 끝나 날아가는 나비를 꿈꿔본다.

아내는 안해였다

PART3. 틈틈이 씀씀이

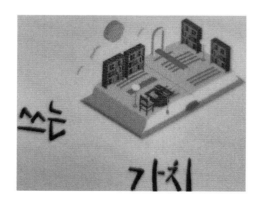

우리들의 드랍 더 빛

(부제-살아 있는 우리 모두 행복하라)

[우리들의 블루스]를 본방 사수하고 연기한 배우처럼 한 몸이 되어 많은 걸 배운 애청자로서 추앙하는 글을 써보고 싶었다. 먼저 작가부터 얘기하자면 대본을 쓴 노희경 작가는 예전 [우리가 정말 사랑했을까] 드라마 때부터 팬이었다. 그때도 서민 삶의 애환을 처절하게 잘 그려 눈물 한 바가지였는데 그 뒤 [세상에서 가장 아름다운 이별], [그들이 사는 세상], [빠담빠담], [괜찮아, 사랑이야], [라이브] 등을 애청하면서 송강호 나오는 영화는 아무 이유 없이 그냥 보듯 더욱 믿고 보는 작가급으로 거듭났다. 그리고 오랜만에 마주한 [우리들의 블루스] 작품에서 그 서민의 애환

들과 휴머니즘의 절정을 느낀 거 같다. 인간에 대한 인간에 관한 인간에 의한 인간애가 주는 찐한 감동비를 맞으며 감히 인생드라마라고 칭해본다. 마지막 장면까지 치열하게 쓰고 공감을 주는 필력에 존경심까지 들었다. 대단하다는 말밖에 할 수 없는 [우리들의 블루스] 작품 대본집을 다시 읽으면서 드라마 볼 때의 감동을 다시 이어가 본다. 이제 1회부터 마지막회까지 따뜻한 제주, 생동감 넘치는 제주 오일장, 차고 거친 바다를 배경으로 시고 달고 쓰고 떫은 인생 이야기를 펼친 푸릉마을 인물들의 대본 속 인상적인 대사랑 장면으로 추앙해 보겠다!(배우들의 명연기는 덤으로)

1번 트랙. 한수와 은희

살면서 늘 밑지는 장사만 한 너에게 이번만큼은
밑지는 장사하게 하고 싶지는 않다.

잘 자라줘 고맙다 친구. 이렇게 잘 자라서.
내 찬란한 추억과 청춘을 지켜줘서 고맙다.
-드라마 대사 중-

1~3회는 한수와 은희의 첫사랑 이야기가 펼쳐졌는데 둘의 공통점은 가난이다. 가난한 집안에서 태어나 5형제의 맏이로서 부모의 부재시 가장의 역할까지 주어진 고딩 둘은 등록금 마련을 위해 시장통에 물건 팔러 가는 버스에서 처음 서로의 존재를 인식한다. 은희는 흑돼지를, 한수는 깨를 들고 있었는데 놀려대는 친구들을 한번에 제압하는 한수에 은희는 한눈에 반한다. 잘 생기고 공부 잘 하고 카리스마 있는 한수와 가까이 할 기회를 엿보던 은희는 목포 수학여행에서 사고를 친다. 무한계단에서 요새 유행한다는 키갈(키스 갈기기)을 시전한 것이다. 사실 뽀뽀 비슷무리했지만 그렇게 마음을 전하고 나 가져라고 직진했는데 한수는 귀여운 동생 취급하듯 머리를 만져주고는 자리를 떠버렸다.

그 뒤로 은희는 밭에서 일하던 부모님의 갑작스런 부고로 진짜 가장이 되면서 학교도 다 못 마치고 생선가게에서 한평생을 자리잡았다. 그렇게 억척스럽게 생선을 쳐내고 있는데 동창 한수가 삼십년만에 모슬포지점 농협 지점장으로 내려오면서 다시 해후했다. 여전히 학창시절 때 봤던 멋진 모습의 한수에 은희는 다시 설레이기 시작하는데 그런 은희를 이용하려는 한수. 그에게는 딸의 골프 성공을 위한 유학비 마련 때문에 여전히 돈이 필요했다. 밑빠진 독인 줄 알면서도 들어간 시간과 비용이 아까워 일말의 가능성에 모든 것을 건 한수. 그래서 딸의 골프비용 2억을 위해 자수성가 은희에게 접근한 한수는 둘만의 목포여행을 제안하고 고등학교 때로 돌아가 그 계단 아래 서지만 둘은 계층이 나뉘어버렸다. 은희가 위에, 한수가 아래에……

첫번째 목포여행은 생각 없이 순수한 여행이었다면 두 번째 목포여행은 각자의 목표가 자리한 여행이었다는 것. 결국 밤에 숙소에서 와인을 마시다가 돈이 목적이었던 한수의 의도에 실망한 은희는 사실을 말하라고 다그치고 한수는 이렇게 된 자기가 쪽팔린다며 자리를 떠난다. 돈이 필요했지만 은희가 어떻게 번 돈인줄 알고 있기에 차마 입이 떨어지지 않고 마지막 남은 자존심은 지키고 싶었던 한수. 그런 한수를 이제는 첫사랑에서 지우고 채무관계로라도 남으려고 2억을 선뜻 빌려주는 은희. 하지만 한수는 깨닫는다. 딸을 위한 골프가 자기방어를 위한 것임을, 욕심이었음을...결국 한수는 사표를 내고 유학 간 딸과 아내를 불러

들여 평범하게 가족과 함께하는 일상으로 돌아간다. 그리고 은희에게 빌린 2억도 다시 돌려주며 둘은 사이좋은 친구이자 동창으로도 돌아온다.

1~3화의 대본을 보며 역시 첫사랑은 이루어지지 않는 법. 그리고 좋은 기억만 갖고 다시 안 만나는 게 서로에게 좋은 법. 그래야 아름다운 추억으로 두고 두고 남는다는 생각을 해보았다. 그래도 한번쯤 보고 싶은 마음은 어찌할 수 없나 보다. 나도 그랬으니까...그리고 변했구나 생각하며 안 봤으면 더 좋았겠다 똑같이 느꼈으니까......

한수와 은희를 대본 리딩하며 가장 좋았던 장면은 한수가 바다에서 수영하는 씬이다. 양복을 입은 한수가 자유롭게 돌고래 같이 수영하다 하늘을 보며 떠있는데 그 때 고등학생 때의 교복입은 한수가 오버랩되면서 나란히 바다를 베개 삼아 누워 하늘을 서로를 보는 장면...대사는 없었지만 순수했던 그때 그 아인 어디로 갔는지 돈의 바다에 표류하는 지금의 난 행복한지 묻고 있었다. 차승원의 눈빛연기가 너무 좋았고 공감되었다. 어릴때는 아무 걱정, 아무 생각

없이 그냥 바다에 뛰어놀았는데 지금은 바다에 둥둥 떠다니는 부표처럼 어디로 가야하는지 잘 가고 있는지 현실의 파도에서 허우적거리는 삶이 그 눈빛에 잘 녹아있었다. 자유롭지 못하고 얽매이는 게 안타깝지만 또 그만큼 어른의 역할을 하고 있는 것일지도 모르겠다는 생각이 슬며시 들어 슬퍼졌다......

2번 트랙. 영주와 현, 인권과 호식

오늘 부는 태풍은 지나가는 태풍이래.
아니, 모든 태풍은 다 지나가는 태풍이래.
이 태풍처럼 모든 게 다 지나갈 거야.

살면서, 다 뭐든 너 뜻대로 되는 건 아니라
그게 인생이라. -드라마 대사 중-

오일장에서 순대국을 파는 인권과 얼음장수 호식은 동창이자 공통점이 많다. 아내들이 떠나간 홀아비에 아이 한명씩 키우는데 다 전교1등 할만큼 자랑스런 자식이라는 것. 그

맛에 사는 둘에게 날벼락 같은 일이 벌어졌다. 아직 고등학
생인 인권의 아들 현과 호식의 딸 영주가 사귀는 것도 모자
라 아이를 가졌다는 것. 자식들 육지(서울)에 대학 보내고
편안히 자유시간도 가지려던 둘은 갑작스런 혹에 임신한
영주의 아이를 지우려고 노력하는데 어디 자식 이기는 부
모 있나? 결국엔 자식을 위해 아이들의 뜻을 존중해주기
로 한다. 그리고 원수지간이 되었던 인권과 호식은 사돈지
간이 되면서 지난날의 앙금도 터는데 서로가 오해한 지점
으로 되돌아가 각자의 사정과 삶을 이해한다.

영주와 현, 인권과 호식을 대본 리딩하며 가장 좋았던 장면
은 첫번째는 호식이 선생님 호출로 학교 방문하면서 운동
장에서 영주와 대화하는 장면이다. 아이를 지우자는 호식
의 말에 이번에도 져달라고 아이를 낳겠다는 영주...이번엔
니 뜻대로 안될꺼라며 매몰차게 말은 했지만 돌아서는 호
식은 억장이 무너진다. 호식이가 참으며 우는 장면에서 딸
가진 아빠로서 몰입과 공감이 컸고 자식의 미래를 위하는
호식의 마음이 와 닿았지만 축복이 되어야 할 아이가 상황
에 따라 혹이 되어버린 현실에 안타까운 마음도 컸다. 이러

지도 저러지도 못하고 답을 못 찾아 답답한 상황에서 오는 영주와 호식의 엇갈린 선택. 져달라는 자식에게 결국 이기지 못한 마음. 호식의 진심은 그렇게 아버지가 되어갔다.

두번 째는 인권과 현이 순대 생산하는 공장에서 서로의 입장만 이야기하고 싸우다가 현이만 바라보는 아빠 인권의 마음을 깨닫고 백허그하는데 그때 방문한 호식이가 바라보는 장면이다. 비가 오는 궂은 날씨에도 생계를 위해 순대 생산하러 공장에 온 인권은 아들 현이 생각에 일이 잡히지 않고 그런 아빠랑 화해하려 일을 돕겠다고 온 현이는 홧김에 아빠가 쪽팔린다며 아빠의 치부이자 생채기를 건드린다. 하지만 너 하나 바라보고 건사를 위해 순대장사하며 버텼다는 인권의 고백에 아들 현이는 잘못했다며 울면서 아빠를 껴안는다. 바깥엔 비가 내리고 서로 닫힌 마음의 비가 녹아내리는데 그 모습을 먼 발치서 보는 호식도 눈시울이 뜨거워지는 장면에서 나도 같이 울었다. 나이 들면서 마음이 많이 여려지긴 했지만 [우리들의 블루스]보면서 처음으로 또르륵 눈물을 흘린 지점이기도 했다.

그 장면 보는 내내 숨죽이며 바라보다가 갓 나온 순댓국처럼 마음이 뜨거워져갔다. 아이 셋 아빠로서 인권, 호식의 마음이 너무 공감가면서도 아이들의 입장도 이해가 되어 글로 표현하기 어려운 감정이었다. 내리 사랑이라 했던가? 부모의 마음을 아이들은 잘 모른다. 그 아이들이 자라서 부모가 되어봐야 '아! 그 때 부모가 이런 마음이었겠구나' 깨닫는 순간들이 온다. 그래도 영주와 현은 너무 일찍 깨달은 거 같다. 아직 학생인데 자유롭게 날개를 펴서 훨훨 날아가야하는 순간에 인내와 희생을 먼저 배워야하니...그래도 책임감있는 선택을 한 영주와 현이를 응원하고 싶다. 현실적으로 분명 어려움이 많고 학생인권 운운하지만 학교나 사회에서 힘든 일들이 줄줄이 생길 것이다.

그렇지만 월대천에서 만난 선아(신민아)가 분명 아이는 축복이라고 위로한 것처럼 잘 헤쳐 낼꺼라 믿어 의심치 않는다. 그리고 그 뒤에 자식을 사랑하는 부모 인권과 호식이가 있고 영주와 현이의 굳건한 사랑이 있으니...한편으로는 첫째가 12살이 되었는데 아이들 성교육을 어떻게 해야 하나 현실적인 걱정도 앞서는 스토리였다.

3번 트랙. 동석과 선아

오빠 그때도 지금도 엄청 거친 거 같지만,
따뜻한 거 알아?

나중에도 뭔가 사는 게 답답하면, 뒤를 봐.
이렇게 등만 돌리면 다른 세상이 있잖아.
-드라마 대사 중-

동석은 만물상이다. 트럭하나에 온가지 짐을 실어 제주 인근 섬들을 오가며 장사를 하고 끝나면 트럭에서 자는 삶. 모슬포 오일장에도 한번씩 가는데 거기에는 원수가 된 엄마가 있다. 어렸을 때 친부랑 누나를 잃고 엄마의 재가로 이복형제들이랑 같이 살았는데 허구헌 날 맞았다. 유일한 휴식처인 오락실에 죽치고 있는데 서울에서 온 새침데기 여자아이 선아가 옆에서 같이 오락을 한다. 호감이 가서 컵라면을 건네니 답례로 음료가 날아온다. 그렇게 첫사랑이자 짝사랑이 시작되는데 어느날 아버지를 잃은 선아가 망가지려고 친구 재구랑 이상한 짓을 하는 걸 동석은 목격하고 재구를 죽도록 패다가 선아가 깡패라며 경찰한테 신고하고 떠나버린다.

그렇게 연이 끊어졌는데 서울에서 다시 대리기사로 온 동석과 선아는 만나고 첫사랑의 감정 그대로 가지고 있던 동석은 바다 데이트를 가서 다짜고짜 입을 맞춰버린다. 그리고 2번째 헤어짐...이제는 인연이 끊겼겠지했는데 갑자기 선아가 제주로 내려와 바다에 빠져 죽으려고 한다. 모른척 하고 싶었는데 그놈의 사랑인지 정인지 모를 착한 오지라퍼가 발동되어 또 다시 선아를 구해주고 살뜰히 살피는 동석. 선아가 이혼하고 아들 양육권도 빼앗긴데다 우울증까지 앓고 있다는 사실을 안 동석은 더욱 잘 해주기 시작하는데 선아는 애가 전부고 우선이다. 그리고 폐가를 사 거주지로 삼으려는데 오빠 동생 사이이자 나중을 안 믿는 동석과 뒤를 안 보는 선아는 과연 폐가에서 사랑하는 사이로 새로 시작할 수 있을까?

동석과 선아를 대본 리딩하며 가장 좋았던 장면은 양육권 싸움에서 진 선아를 위로하며 우울증 날 때 들으라고 만물상 장사할 때 녹음하는 '계란이 왔어요'를 들려주는 씬. 삶의 의미를 잃은 선아에게 한줄기 빛이자 웃음이 되어준 동석의 목소리. 너무 따스하고 생생해서 나까지 위로되었다. 우울증을 안 겪어본 사람은 잘 모를것이나 비슷한 공황장애증상을 겪어봤던 난 선아가 얼마나 힘들었을지, 그리고 얼마나 따뜻한 말이 고팠을지 공감이 크게 갔다. 진짜 사방이 밝고 날이 맑아도 내 눈에는 어둡고 비가 내리는 환상에 빠져들 때가 있다. 호흡도 가빠지고 내 마음대로 조절이 안되어 눈 앞이 깜깜해지는 그 때는 나 혼자만의 세상, 우주의 미아가 되어 어찌할 바를 모르고 혼자 이겨내야 한다.

그럴 때 동석은 벗어나는 방법을 알려준다. 앞만 보지 말고 뒤도 보라고. 이렇게 등만 돌리면 다른 세상이 있다고...마음이 아픈데 그럴때는 배움이나 지식의 유무가 중요하지 않다. 못 배워 무식한 동석이 대학졸업하고 배울대로 배워 디자이너가 된 선아를 위로하는 것처럼 마음을 치료하는 것은 지식이 아니라 삶의 경험에서 우러나오는 지혜이자 진정이다. 순정을 가지고 선아가 행복하길 바라는 마음에서 나오는 동석의 투박하지만 따뜻한 말과 행동. 선아한테

만큼은 그만한 치료제가 없다. 동석의 변하지 않는 마음에 끌렸고 그 마음을 아는 선아가 잘 받아줘서 이제는 정착하여 폐가가 새 집이 된 것처럼 행복을 꾸렸으면 좋겠다는 생각이 들었다.

4번 트랙. 은희와 미란

니가 만약 의리가 있다면 나한테
서운하다, 상처받았다. 말했어야지. 그래야, 그게 의리지.
모르는 남처럼 가슴에 원한 품는 게 의리가 아니야.
–드라마 대사 중–

미란과 은희는 둘도 없는 친구다. 제주에서 학창시절을 보낸 미란은 은희와의 좋은 추억이 많다. 대학을 서울로 오면서 은희와는 떨어져 지냈지만 늘 한결같고 당차면서 자수성가한 은희가 자랑스러웠다. 자기도 자랑스러운 삶을 살고 싶었는데 서울에서의 삶은 녹록지 않았다. 3번의 결혼과 이혼, 그리고 지금은 딸 자식마저 외면하는 혼자. 딸의 대학 졸업식에 참석하고자 운영하는 마사지숍도 정리하고 파리

행을 끊었는데 부끄럽다며 오지 말라는 딸 때문에 갈 수 있는 데라곤 은희가 있는 제주뿐. 기댈 수 있는 친구 하나 믿고 푸릉마을로 갔는데 은희가 이상했다. 은희가 일 나간 틈에 방을 정리해 주다 우연히 은희의 일기장을 읽었는데 온통 내 욕 뿐이다. 이중 인격자라니, 이기적인 새끼라니...

배신감이 들었지만 그래도 그냥 철없는 친구처럼 놀다 가려했는데 노래방에서 일이 터졌다. 동창남 명보를 안아주다가 명보 부인이랑 은희한테 오해를 샀다. 그래서 명보가 부인한테 맞고 살아서 친구로서 위로해줬다고 사실을 말했는데도 은희는 믿지 않고 편을 안 든다. 그리고 그 날 밤 은희가 쓴 일기장을 들먹이며 한바탕 싸우는데 쇼윈도 우정으로 전락한 사이에서 둘은 다시 의리를 외칠 수 있을까?

미란과 은희의 대본을 보며 느낀 건 역시 소통의 중요성. 서로에게 서운한 일이 생겼을 때마다 그때 바로 풀었어야 했는데 그냥 넘어가다보니 쌓이고 쌓여서 가벼운 눈발로 끝날 일이 눈덩이가 되었다. 미움의 눈덩이가 서로를 겨누는 화살이 되어 큰 싸움으로 촉발되니 말로만 의리를 외쳤던 거 같고 30년 쌓은 우정도 한 순간에 와르르 무너졌다. 마음은 안 그런데 미안하고 고마운 마음도 큰데 풀기에는 또 나만 손해 보는 듯해서 연락을 안 하게 되고 그러면서 저만치 멀어지는 관계.

그래도 미란과 은희를 대본 리딩하며 가장 좋았던 장면은 의리없다는 말에 분노를 못 이긴 은희가 서울로 미란을 따지러 왔다가 마사지 받으면서 푸는 씬이다. 한평생 의리 있고 스스로 의리를 잘 지키고 있다 생각한 은희였지만 미란의 마사지를 받으며 미란의 진심을 듣는 순간 의리가 없었음을 깨닫는 장면. 위 대사처럼 상처받았으면 받았다, 서운했다 말해야 미란도 아는건데 관계를 유지하려고 덮었던 은희는 이제야 자기 마음을 읽고 솔직히 이야기하기 시작했다. 마사지를 하면서 푸는 둘의 소통이 다시 시작되는 장면이 너무 좋았고 서로를 위하는 끈적한 정이 느껴져서 눈시울이 붉어지면서 공감되었다.

나도 얼마 전 대학 때부터 본 20년 지기 친구랑 싸웠었다. 그 당시는 배려 없음에 분노하여 헤어지고 연락도 일절 안

했지만 시간 지나고 보니 그동안 함께 했던 시간이 생각나고 내 입장만 생각하는 이기적인 마음이 미안하기도 했다. 그런데 또 막상 연락해서 미안하다고 사과하려니 그게 영 쉽지는 않았다. 그래서 카톡의 근황 사진이 바뀌었기에 가볍게 그걸 물어보면서 은근 슬쩍 묻어가며 우리가 다름을 설파하면서 소통을 꾀했었다. 물론 왜 그런지는 몰라도 미안하다고 직접적으로 말하진 못했다. '참 인정을 못하는 나구나' 생각하며 그래도 반갑게 통화를 맞아주는 친구가 고마웠다. 이게 우정이고 의리구나 느끼면서...

관계라는 게 소통이고 노력이다. 서로가 서운하고 상처받을 말들이 있으면 바로 그때 표현하고 툭 털어야 한다. 그런 노력이 없다면 긴 시간 쌓았던 우정이고 의리고 그런 건 내 손안에 쥔 모래와 같아서 스르르 새어나가고 남는 건 상처로 남는 빈 마음뿐이라는 걸 미란과 은희를 통해서 또 한번 배운다. 얼마 전 있었던 친구와의 다툼을 거울로 보는 거 같아서 더욱 공감했던 스토리였다.

5번 트랙. 정준과 영옥 그리고 영희

사람이 어떻게 맨날 좋아서 낄낄대고 웃기만 해요?

이런 게 정상이에요. 이런 게 사람 사는 거에요.

좋았다, 나빴다 이런 게...

억울해. 왜 나한테 저런 언니가 있는지 억울해.

근데 나도 이렇게 억울한데

영희는 저렇게 태어난 게 얼마나 억울하겠어.

　-드라마 대사 중-

선장과 해녀로 만난 정준과 영옥은 금세 사랑에 빠진다. 가볍고 쿨하게 사귀기만 하고 싶은데 어느 날 정준이 선을 넘어 결혼을 하자고 그런다. 영옥은 머리가 아픈 와중에 짐이었던 쌍둥이 언니 영희가 제주로 온다는 청천벽력같은 소식을 접한다. 그동안 장애인 언니가 있다는 걸 잘 숨겨왔는데 들통나게 생겼다. 전에 사귀었던 남자들도 언니를 보고 다 도망갔는데 정준도 못 버틸거라 생각하며 정준과 언니를 만나러 갔는데 생각보다 정준이 다운증후군 공부도 하고 영희와 잘 어울린다. 영옥은 버거운데 정준은 영희와 친구가 된다. 그리고 영희가 그림 그리는 걸 안 정준은 버스에 영희 그림을 전시하고 영희가 다시 육지로 돌아가던 날 영옥을 버스로 초대하는데 버스 안 그림을 본 영옥은 언니 영희의 사랑하는 마음을 느끼며 흐느낀다. 짐이 아니라 살아가는 힘이 되었다는 걸 느끼면서...

정준과 영옥, 그리고 영희를 대본 리딩하며 가장 좋았던 장면은 뭐니뭐니해도 버스에서 언니 영희 그림을 보며 영옥이 오열하는 씬이라 할 수 있다. 감정의 그림선을 따라 올라오다가 복 받치는 장면이었는데 눈물 났다. 한 평생 짐이자혹이라 여겼던 언니 영희가 사실은 살아가는데 사랑하는데 큰 힘이 되었다는 걸 깨닫는 영옥. 자기를 그리워하며 보고 싶을 때마다 그렸다는 그림에서 자기를 본다. 자기도 같은 마음이었지만 애써 장애 가진 언니를 외면했다는 것을... 장애인을 둔 가족의 힘듦과 장애인 인식 개선이 필요하다는 걸 현실적이면서도 따뜻하게 그려져서 좋았다.

다운증후군을 가진 어린 언니 영희. 일찍 부모를 여의고 어린 나이에 언니를 책임져야 했던 영옥. 무거운 짐이라 어떨 때는 버리고 싶고 멀리 떠나 연락을 피했지만 그래도 만나면 가족이고 언니 장애에 불편한 시선을 느끼면 항상 먼저 나서서 정리해줬던 영옥의 심정이 와 닿았다. 그런 영옥을 이해하고 장애를 가진 영희에 대해 공부하고 알뜰히 챙기며 친구가 되어 준 선장 정준에게서는 어른의 향기이자 제주도에서 자라는 선인장이 생각났다. 현실적으로 힘들지만 같이 하면 이겨낼 수 있다는 모습을 보여준 풋풋한 이 커플에게서 영화 라라랜드가 생각났다. 아마 좋았다, 나빴다 하는 인생도 잘 견뎌내고 선선한 밤 블루스 음악에 맞추어 희망의 춤을 같이 추고 있지 않을까 상상해본다.

6번 트랙. 춘희와 은기

아빠가 맞았어. 달이 진짜 백개야.
은기 소원 백개 말고
아빠 낫게 해 달라고 백 번, 빌 거야...
−드라마 대사 중−

최고참이자 상군 해녀 춘희는 세파에 **휩쓸려** 남편과 아들 셋을 다 잃고 넷째이자 하나 남은 막내아들만 보고 산다.

기구한 운명이지만 그래도 자식이 있으니 살았는데 갑자기 아들 녀석이 연락은 안 되고 며느리한테서 받은 전화 내용은 손녀 은기를 2주간 맡긴다는 것이었다. 그렇게 시작된 춘희와 은기의 동거. 애 본지 오래되어 어쩔 줄 몰라하는 할머니 춘희와 낯선 환경에 울고 불고 떼쓰는 아이 은기. 반찬 투정, 잠투정, 화장실도 가리고 잠자리도 가리고 할머니까지 낯을 가리는 은기에 백기를 든 춘희는 소시지 반찬에 래시가드를 사주고 애가 좋아하는 숨 참는 법까지 가르쳐주면서 원하는 거 다 해준다. 그러면서 2주를 버티는데 그래도 안 오는 며느리가 의심스러워 손녀 은기의 통화내용을 엿듣다 아들이 트럭사고로 의식을 찾지 못하고 병원에 있다는 걸 알아버린다. 하나 남은 아들까지 또 잃어버릴까 노심초사하는 할머니 춘희와 아빠가 나아서 빨리 데리러 왔으면하는 은기는 달에게 소원을 빌러 간다...

춘희와 은기를 대본 리딩하며 가장 좋았던 장면은 아빠 말을 철썩같이 믿고 100개의 달에 소원 빌러가자는 어린 손녀 은기의 꿈을 지켜주기 위해 춘희가 배를 모으고 오름에 올라가서 같이 바다를 보는 씬. 바다에는 야간 전구를 켠

갈칫배 수십 아니 수백척이 떠 있고 은기 눈에는 배와 사람은 안 보이고 집어등이 보름달처럼 떠 있는 걸로 보이는 장면이었는데 정말 아름다웠고 장관이었다. 실제 애월에 살면서 밤에 해안도로쪽 드라이브를 하다보면 쉽게 마주치는 게 한치잡이 집어등이다. 한, 두척이 아니라 수십, 수백개의 배가 바다에서 뿜어대는 집어등은 진짜 멋지며 볼 때마다 내 마음까지 집어삼켰는데 드라마 장면에서 마주하니 더욱 반가웠다.

특히 성탄절 산타를 믿는 아이의 꿈을 지켜주기 위해 걸어놓은 양말이나 트리 밑에 선물을 넣는 것처럼 당연히 달은 하나인데 100개의 달을 믿는 은기의 꿈을 지켜주기 위한 춘희 할망과 푸릉 마을 삼춘들의 노력이 아름다웠다. 아프리카 속담에 아이 하나를 키우는데 마을 하나가 필요하다 하지 않았는가! 그리고 오름에 올라가서 100개의 달을 보며 아빠의 쾌유를 비는 은기와 그 모습을 기막히게 보면서도 똑같이 소원을 빌어보는 춘희에게서 간절함이 느껴졌다. 그런 노력들이 더해져서 은기 아빠는 의식을 되찾는데 물론 드라마라서 행복한 결말로 끝맺었지만 보는 내내

미소와 다행이라는 생각이 떠나질 않았다. 그리고 영화 집으로, 계춘할망도 연상되면서 얼마 전 본 독립영화 빛나는 순간 속 해녀 진옥(고두심)도 떠올랐다.

7번 트랙. 옥동과 동석

나한테 지금껏 살아오면서 왜, 단 한번도 미안하단 말을 안 해? 말해봐. 나한테 미안은 해? 미안한 짓 한 거, 상처 준 거 진짜 아시냐고?

죽은 어머니를 안고 울며 나는 그제서야 알았다.
나는 평생 어머니, 이 사람을 미워했던 게 아니라
이렇게 안고 화해하고 싶었다는 걸.
나는 내 어머닐 이렇게 오래 안고 지금처럼 실컷 울고 싶었다는 걸... -드라마 대사 중-

옥동의 삶은 기구했다. 10살때 화재로 부모를 잃고 막일하는 남편 만나 제주로 왔지만 태풍에 남편까지 잃는다. 설상가상으로 먹고 살기 위해 딸과 함께 무서운 바다로 뛰어

드는 해녀가 되었지만 딸도 전복을 움켜쥔채 바다에서 목숨을 잃는다. 더 이상 삶에 자신이 없어진 옥동은 남편 친구 집에 들어가 첩살이를 하며 이복형제, 본처, 동석까지 돌보지만 새 남편도 죽고 이복형제는 원망하면서 재산 챙겨 목포로 떠나고 원한 품은 진짜 아들 동석은 만물상으로 떠돈다. 가끔 행성과 지구가 가까워지듯 5일장에서 동석을 마주하지만 아들 녀석은 눈에 불을 켜기 일쑤다. 그러다 암 선고. 이 별난 인생 조용히 마무리하고 싶지만 그래도 아들들인 이복형제는 잘 사는지 보고 싶어 목포를 가려하니 혼자서는 배가 타기 어렵다. 마지막 소원이라며 동석에게 같이 가자고 했더니 각오하라며 자기도 평생 묻고 싶은 말이 있었다고 만물상 트럭에 어머니 옥동을 태워 둘만의 처음이자 마지막 모자 여행을 시작하는데...

우리들의 블루스 대미를 장식한 옥동(김혜자 역)과 동석(이병헌 역). 진짜 이 둘의 관계는 드라마 제목 같이 블루스였다. 우울과 슬픔을 띠는 블루처럼 인생색이 되어버린 둘은 서로가 철천지 원수였고 서로만 없었다면 인생 꼬이지 않았을 꺼라는 생각이 있었다. 자식을 먹여 살리기 위해,

좋은 집에 들어가서 교육만 받을 수 있다면 첩살이도 마다 않던 어머니 옥동과 이복형제의 지옥 같은 구타에 엄마를 엄마라 부르지 못하고 작은 어멍으로 부르며 자기랑 둘이 살자 매달려보고 도망가자고도 해봤지만 엄마한테 세차게 뺨만 맞아야만 했던 동석. 가족이자 부모 자식이지만 남보다 못한 관계. 서로를 이해하기보다 먹고 살기에 급급해 서로를 밀어내기 바빴던 시간. 어머니 옥동이 암 선고를 받고도 눈 깜짝 않던 동석은 목포로 둘만의 여행을 가면서 조금씩 마음의 문이 열린다. 그리고 마주하는 이복형제(종우, 종철)의 변변치 않은 삶과 어머니를 대하는 냉담함에 어머니 옥동이랑 처음으로 같은 편이 되기도 하고 종일 붙어있으면서 옥동의 여자 같은 모습도 본다.

여기에서 옥동과 동석을 대본 리딩하며 좋았던 장면 첫 번째는 옥동의 사라진 마을을 돌아보고 비 오는 트럭에서 동석이 미안한 게 없는지 물어보는 씬. 어머니 옥동을 바라보는 동석과 비 오는 창 밖 새끼 개를 그윽하게 바라보는 옥동. 동물 새끼는 애정 어리게 보면서 자기 새끼는 왜 그렇게 못 보는지 미안하지 않냐는 동석에게 처음으로 자기가 미친 년이었다며 지난날을 돌아보면서 속죄하는 옥동. 그리고 누나를 보낸 건 엄마 잘못이 아니었다며 처음으로 속마음을 이야기하는 아들 동석의 모습이 창 밖에 내리는 비처럼 스며들었고 마음의 원한은 씻겨 내려갔다. 어머니가 그렇게 살 수 밖에 없었던 것을 처음으로 받아들인 동석의 모습에 공감했고 가죽밖에 안 남았다며 눈물을 훔칠 땐 같이 눈물을 참았다.

나도 어머니가 참 이기적이라고 생각했던 적이 있었다. 내가 이렇게 없이 살고 이기적인 건 어머니 탓이라며 방황하고 반항했던 치기 어린 적도 있었다. 그런데 시간 지나고 나이를 먹다 보니 그럴 수 밖에 없었던 어머니가 조금씩 이해되면서 힘들게 산 어머니가 고맙고 지난날 오해한 것들을 많이 받아들였다.

두 번째로 좋았던 장면은 어머니 옥동의 마지막 소원을 들어주기 위해 동석의 한라산 등반 씬. 살면서 가장 좋았던 때가 언제냐고 묻는 동석에게 한라산 걷는 지금이라고 답하는 옥동. 제주 살면서 한번도 한라산을 못 가보고 지금은 아들과 걷지만 아파서 결국은 정상을 못 가는 옥동. 한라산 정상 눈 덮인 백록담의 모습을 보고 싶다는 옥동의 소원을 들어주고 싶은 아들 동석은 혼자 등산장비를 챙겨 올라가 보지만 기상악화로 윗세오름에서 발길을 멈출 수 밖에 없었다. 그리고 그거라도 영상에 담아서 '따뜻한 봄날에 다시 오자'고 약속하는 동석.

이 장면도 마음에 와 닿을 수밖에 없었는데 엄마랑 동생이랑 올해 2월에 한라산을 등반했었다. 눈 덮인 한라산을 보며 엄마는 정말 어마어마하게 좋다고 정상까지 가고 싶다고 했었다. 그러나 드라마 장면처럼 어머니의 체력과 미끄러운 눈에 안전이 신경쓰여 윗세오름 지나 남벽분기점에서 멈췄던 기억이 났다. 아쉬워하는 그때의 엄마 모습과 드라마의 장면이 오버랩되어 마음이 계속 파도처럼 요동쳤다.

마지막으로 좋았던 장면은 차가운 옥동의 시신을 안고 오열하는 동석의 씬. 긴 말이 필요 없었다. 두 연기 장인이 만들어 낸 수도꼭지에 눈물이 주르륵 흘렀다. 그렇게 한평생 미워했던 어머니였는데 막상 마지막을 마주하니 그 미움은

사랑이었다. 위 대사처럼 죽은 어머니를 안고 울면서 그제
서야 나는 평생 어머니를 미워했던 게 아니라 이렇게 안고
화해하고 싶었다는 걸, 이렇게 오래 안고 지금처럼 실컷 울
고 싶었다는 걸 마지막 떠나 보낼 때에야 동석이 깨달을 때
나의 가슴도 울고 있었다.

그렇다. 미움의 손짓이 아니라 화해하고 싶었고 지난 날의
슬픔을 토해내고 싶었다. 그런데 그런 존재가 사라졌다. 아
직 사랑을 다 표현하지 못했는데 말이다. 위 장면을 보면
서 나중에 잘 해드려야겠다는 생각보다 지금 잘 할 수 있
는 것들을 어머니께 해 드려야겠다는 생각이 문득 들었다.
가슴은 먹먹하고 눈엔 눈물이 고이고 이 장면은 고이고이
내 마음에 남을 꺼 같다!

우리가 잊지 말아야 할 분명한 사명 하나
우리는 이 땅에 괴롭기 위해 불행하기 위해 태어난 것이
아니라 오직 행복하기 위해 태어났다는 것.

-마지막회 작가의 말 중-

이 드라마의 옴니버스식 이야기 중 하나는 분명 우리의 이야기일지도 모르겠다는 생각이 들었다. 제주어 무사(왜?), 살암시민 살아진대(살다보면 살아져)가 계속 뇌리에 남았다. 이상 7번 트랙 옥동과 동석의 이야기를 끝으로 [우리들의 블루스] 추앙을 마치며 작가 말처럼 우리의 사명은 희로애락이 있는 인생에서 불행보다는 도처에 널린 행복을 더 찾고 그 순간을 마음껏 누려야겠다는 다짐을 해보며 오늘도 무사 한 하루를 꿈꾼다.

당신의 계절은 어디로 가고 있나요?

– 바깥은 여름을 읽고–

이 책을 접한 건 글수다 모임을 통해서였다. 7월 주제 선정 작으로 추천 받았는데 시원한 표지가 마음에 들어 애월도 서관 가서 당장 빌려봤다. 작은 책이 대출중이라 큰 글자책 을 빌렸는데 그래서 그런지 큼직큼직한 글자가 성큼성큼 책을 넘기기 수월했다. 보통책보다 한 페이지가 금방 넘어 가는 느낌이라 진짜 생각보다 금방 읽었는데 내용은 금은 방 같았다. 짧은 단편 7개였지만 금은방에서 7개의 소중한 보석을 만난 것 같았다. 열돔, 열대야 속 계절에 딱 맞는 책 이라 한창 바깥은 여름인 지금 소개해 보고자 한다.

책 차례를 보면 입동, 노찬성과 에반, 건너편, 침묵의 미래, 풍경의 쓸모, 가리는 손,   어디로 가고 싶은신가요 총 7가지 단편 소설이 묶여있고 단편마다 책 줄거리를 간단하게 요약하면 입동은 아이를 잃은 부부 이야기, 노찬성과 에반은 개를 잃은 아이 이야기, 건너편에는 사랑을 잃은 연인 이야기 , 침묵의 미래는 소수언어를 잃은 이야기, 풍경의 쓸모는 떠난 아버지와 정교수 자리를 잃은 이야기, 가리는 손은 재이에 대한 믿음을 잃은 이야기, 어디로 가고 싶으신가요 는 사고로 남편을 잃은 이야기가 구성되어 있다.

다 무언가 잃은 이야기 상실이 자리를 잡고 있는데 간단하게 줄여서 그렇지, 이 안에는 삶과 죽음에 대해 더 자세하게 이야기하자면 남은 사람의 슬픔이 자리하고 있었다. 마치 스노우 볼처럼 안에선 하얀 눈이 흩날리는데 구 바깥은 온통 여름일 누군가의 시차. 시간차가 될 수도 있고 시각차가 될 수도 있는 그 이야기들을 내가 공감한 단편 중 인상 깊었던 문장을 인용하여 4가지 챕터로 나누어 서평 해본다.

chapter 1 「입동 중」

여기......영우가 뭐 써놨어......근데 다......못 썼어......

첫번째로 언급할 단편은 입동이다. 이 소설은 부부간의 대화가 주를 이루는데 영우라는 아이가 후진하는 어린이집 차에 치여 숨지는 사건이 발생한다. 그러면서 집안은 회복 불능의 공기로 가득찬다. 그러던 중 시어머니가 잠시 집에 다녀갔는데 어린이집에서 보낸 복분자액을 뜯다가 뚜껑의 내용물이 폭발하듯 튀어 부엌 벽면에 검붉은 얼룩이 졌다. 그 얼룩을 없애고 새로 벽지를 도배하려는데 부부는 영우가 남긴 흔적을 발견한다. 아직 어려 다 못 썼지만 꾹꾹 눌러 쓴 자기 이름 김자랑 이응. 부부 특히 아내는 끅끅 이상한 소리를 내다 결국 울음을 터뜨리고 만다. 한파가 오려면 아직 멀었는데 온 몸이 후들후들 떨렸다고 마무리하는 입동에서 위의 부분 영우의 흔적은 다른 사람들은 죽었다 깨어나도 모르는 부부만의 아픔이다. 아마 계속 가슴에 새겨졌을 슬픔이지만 주변과 어린이집은 언제 그랬냐는 듯 흘러간다. 부부는 아이를 잃었지만 주변은 잊은 듯하다.

입동을 읽으면서 아이 셋을 키우는 입장에서 대입이 많이 되었다. 내 아이가 이런 일을 겪었다면 난 어땠을까? 상상하기도 싫은 일이었다. 너무 슬프고 자책과 죄책감에 사로잡혀 살 것 같았다. 특히 부릉부릉이 많아 엄청 멋있어 이 집을 좋아한다는 영우가 어린이집 차에 사고를 당하는 아이러니가 어린이집 다니는 우리 셋째 노겸이랑 너무 비슷해서 그랬는지도 모른다.

이 소설을 읽으면서 진짜 세상에 사건사고가 많고 매일 죽음이 도사리는 상황속에서 나와 가족 특히 내 아이들이 무사히 잘 자라고 살아있음에 고마움을 느꼈다. 누구나 겪을 수 있고 오히려 살아 있는게 비정상일정도의 세상속에 나라는 주인공은 살아가고 있음에도 주어진 오늘 하루가 당연하다고 감사할 줄 모르고 살아왔다. 이 단편은 그런 단편적인 나의 마음을 복잡 불편하게 만들었다. 하지만 한편으로 현재에 집중하고 순간순간의 즐거움에 최선을 다하라고 이야기해주는 듯도 하여 마음이 계속 무겁지는 않았다.

chapter 2 「건너편 중」

그냥 내 안에 있던 어떤게 사라졌어. 그리고 그걸 되돌릴 수 있는 방법은 없는거 같아.

두 번째로 언급할 단편은 건너편이다. 공무원 준비하면서 노량진 강남교회 식당에서 만난 이수와 도화는 8년을 사귀었다. 그러나 도화는 경찰직 공무원이 되었고 이수는 6년을 준비하다 7급 공무원 시험에 실패하고 부동산컨설팅회사에 들어갔다. 그러면서 도화와 이수의 세계 간극은 커져만 가고 결국 크리스마스 날 도화는 준비했던 이별을 통보한다. 위 부분의 멘트를 날리면서.. 네가 돈이 없어서, 공무원이 못 돼서, 전세금을 빼가서 너랑 헤어지려는 게 아니야. 그냥 내 안에 있던 어떤 게 사라졌어. 그리고 그걸 되돌릴 수 있는 방법은 없는 거 같아.

드라마, 소설을 보거나 노래를 듣다보면 이건 내 이야기 같다고 생각될 때가 있는데 이 단편은 거의 내 이야기 같았다. 난 소설 속 이수였고 현재 아내는 도화였다. 우리도 10년을

133

사귀었고 아내가 먼저 세무직 공무원이 되었다. 그리고 위기를 느낀 난 이수처럼 노량진으로 향했다. 그리고 2년 가까이 필사적이고 절실한 마음으로 공부한 끝에 끝내 인천시 공무원에 붙었었다. 만약 붙지 않았더라면 위 소설의 결말처럼 되지 않았을까 하는 생각이 들었다. 실제 노량진 생활을 했다보니 내가 묵었던 원룸텔이며 주인공들의 만남의 장소 강남교회, 노량진 수산시장, 학원가 등 소설에서 언급되는 장소들이 15년 가까이 되었음에도 어제 일처럼 생생히 기억나고 너무 반가웠다.

이 단편은 진짜 글을 읽으며 같이 영상을 송출하고 있었다. 하지만 주인공들의 두 마음이 너무 이해되어서 또한 달콤쌉쌀한 자몽 느낌이었다. 도화 안에 있던 이수라는 존재가 사라져버렸고 걱정도 정이고 생각만 해도 가슴 저렸던 옛 기억들은 빛바래져갔다. 이수에게 잘 개어놓은 수건 같았던 도화는 함께한 시간들을 수건 개듯 잘 접어버렸다. 그리고 공무원 시험을 포기 못한 이수는 다시 노량진으로.. 제목처럼 서로가 내편이었다가 건너편이 되어 버렸다. 12월 25일처럼 특별한 사이였다가 12월 26일 같은 영원한 평일

사이가 되어버렸다. 누구의 잘못도 아닌 한 번도 제철을 만끽하지 못하고 시들어간 연인처럼..

chapter 3 「풍경의 쓸모 중」

문득 유리볼 속 겨울을 생각했다. 볼 안에선 하얀 눈이 흩날리는데, 구 바깥은 온통 여름일 누군가의 시차를 상상했다.

세번째로 언급할 단편 풍경의 쓸모는 책 바깥은 여름을 대표하는 부분인 거 같다. 주인공 정우는 대학 강의 나가는 강사였는데 어느 겨울 어머니를 모시고 아내와 함께 가족여행을 간다. 한국은 겨울인데 태국은 여름이었고 손에 쥔 스마트폰은 스노우 볼 같았다. 태국 가족여행 중에 정우는 교수 임용을 기다리는 한국 전화가 있었지만 그 전화는 안 오고 다른 집 사람이 된 아버지에게서 부고 문자를 받는다. 그러면서 태국에서 한국으로 돌아가는 비행기 안에서 시차를 느낀다. 그 시차는 마치 유리 볼 안에선 하얀 눈보라가 흩날리는데 구 바깥은 온통 여름인 한국과 태국의 시간차에 따른 풍경의 쓸모에 대한 것인지 아님 정우가 교수임용에 대해 느끼는 시각차인지 모를 어떤 뜨거운 감정에 대한 시차였다.

여행을 하다보면 시차를 많이 느낀다. 지구는 둥글고 남반구와 북반구의 계절과 날씨가 달라 한국은 겨울인데 호주는 여름이듯 시차가 발생하는데 그 부분을 이 단편은 잘 다룬거 같다. 그러면서 우리는 일반적으로 시차에 적응하느냐, 부적응하느냐에 전형적으로 관심을 가지는데 작가는 스노우볼로 이 부분을 이미지화한다. 그런 부분이 정말 마음에 들었고 이 소설 전체를 관통하는 메시지인거 같다. 바깥은 여름인데 내 마음은 겨울 같은 시차.

여행을 좋아해서 자주 비행기에 몸을 실었지만 일탈하는 기분에 외국 가서 이질적이고 이국적인 풍경에 카메라 셔터만 눌러댔지 이런 시차는 생각 못했던 거 같다. 나와는 보는 시각차가 느껴졌고 단편 소설 속에서는 그런 시간차가 잘 녹아져있어 좋았다. 아마 정우는 테니스의 더블폴트를 범했는지도 모른다..

chapter 4 「어디로 가고 싶은신가요 중」

삶이 죽음에 뛰어든게 아니라 삶이 삶에 뛰어든게 아니었을까?

마지막으로 언급할 단편 어디로 가고 싶으신가요는 방황하는 한 여자 명지의 이야기이다. 사랑하는 남편 도경이 제자 지용을 구하려다 죽으면서 혼자 남은 슬픔을 느끼던 중 스코틀랜드로 갈 기회가 생기는데 거기서 아무것도 모르는 동창 현석을 만나 사별의 고통을 덜어보지만 오히려 그사람이 더 보고 싶어졌다. 그리고 죽은 제자의 누나 지은 편지를 통해 그럴 수 밖에 없었던 운명에 동병상련을 느낀다.

이 단편에서 중요한 사건은 남편이 제자를 구하다 죽은 것이다. 남편이 누군가의 삶을 구하려 자기 삶을 버린데 아직 화가 나 있었고 그리고 그 행동을 명지는 이해 못한다. 남은 사람은 어떡하라고 원망하지만 결국 위 문구를 통해 깨닫는다. 죽으러 뛰어든게 아니라 살아있으니 살릴려고 더불어 살려고 그랬다는 것을. 삶이 죽음에 뛰어든 게 아니라 삶이 삶에 뛰어들었다는 것을. 결국 희생이었지만 그게 다 삶이 삶에 건네는 따뜻한 손길이자 마음이라는 것을..명지는 결국 깨달았지만 그 아픔을 묻기에는 아직이었다. 그래서 휴대전화 음성인식 시리를 통해 물어본다. 사람이 죽으면 어떻게 되나요 시리가 되묻는다. 어디로 가고 싶으신가요? 아마 명지는 영화 이프온리처럼 남편이 죽기 전으로 돌아가고 싶었을 것이지만 지은이의 편지를 돌아보면 사람이 사람을 구하고 구원하는 그게 어디일지라도 삶이 삶에게 가야된다고 작가는 답장하고 있었다.

이상 바깥은 여름 책 읽기를 마치며 책 마지막 표지에 적힌 작가의 말로 이 서평을 갈무리해본다.

당신의 계절은 어디로 가고 있나요?

" 풍경이, 계절이, 세상이 우리만 빼고 자전하는 듯 시간은 끊임없이 앞을 향해 뻗어나가는데 어느 한 순간에 붙들린 채 제자리에 멈춰 설 수 밖에 없을 때, 그때 우리는 어디로 갈 수 있을까.

좀 더 큰 편의점으로 가야지

– 불편한 편의점을 읽고 –

이 책을 접한 건 서부도서관 봄날 독서 모임을 통해서였다. 5월 주제 선정작으로 추천받았는데 편의점에 하루 1번 이상은 제집 드나들 듯 하는 나였기에 제목이 이상하게 끌렸다. 베스트셀러이기도 하고 재밌다는 추천이 많았는데 거기다 서귀포시 올해의 책으로 선정되어 책까지 지원해주니 안 읽을 이유가 없었다. 그래서 당장 책을 펼쳐보았는데 정말 KTX 탄 것처럼 순식간에 다 읽었다. 보통 책보다 페이지가 얇은데다 각 주인공별 에피소드가 군더더기없이 재밌고 공감이 갔다. 짧은 옴니버스식 소설이었지만 여운은 길게 남았다.

책 차례를 보면 산해진미 도시락, 제이에스 오브 제이에스, 삼각김밥의 용도, 원플러스 원, 불편한 편의점, 네 캔에 만원, 폐기 상품이지만 아직 괜찮아, ALWAYS 등 총 8편의 소제목으로 구성되었고 소제목마다 등장인물들이 달라지는데 그들의 사정이야기가 책의 큰 줄기이며 그 줄기속에 주인공인 독고 씨가 버티고 있다. 대충 줄거리를 요약하면 대략 이렇다.

산해진미도시락은 ALWAYS 편의점 사장 염영숙 여사 이야기, 제이에스 오브 제이에스는 편의점의 젊은 피 알바생 시현 이야기, 삼각김밥의 용도는 아침을 여는 연륜의 알바생 오선숙 이야기, 원 플러스 원은 참새방앗간 찾듯 편의점 찾는 중년손님 경만이야기, 불편한 편의점은 편의점 손님이자 작가 인경 이야기 , 네 캔에 만원은 염여사의 철없는 아들 민식 이야기, 폐기상품이지만 아직은 괜찮아는 한때 경찰이었지만 지금은 흥신소 일을 하는 곽씨 이야기, ALWAYS는 노숙자 같은데 이상하게 사연 있어보이는 수상한 알바생 독고씨의 실체 이야기로 알차게 구성되어 있다. 다들 사정이 있고 바쁘디 바쁜 현대 사회에 성실하게 사는데 무언가 마음과 소통을 잃은 이야기들이 자리를 잡고 있는데 간단하게 줄여서 그렇지, 이 편의점 안에는 삶과 관계에 대해 더 자세하게 이야기하자면 각자의 아픈 사연이 자리하고 있었다. 마치 각 잡힌 편의점 진열대의 물건처럼 각자의 삶은 자리잡고 있지만 그 물건을 집었을 때 느껴지는 사연들, 그리고 콩나물 국밥처럼 합쳐지며 진국으로 우러나오는 그 이야기들을 내가 공감한 부분들과 인상깊었던 문장을 인용하여 4가지로 나누어 서평해본다.

chapter 1

경우가 있어. 시현이 넌 배려가 있고.
「 P22 산해진미 도시락 중 」

첫번째로 언급할 부분은 소설의 도입부 산해진미 도시락이다. 이 소제목은 소설의 첫 부분을 차지하는데 주인공 노숙자 독고 씨와 염영숙 여사의 첫만남과 편의점 입성기를 그리고 있다. 교직을 정년은퇴하고 편의점을 차린 염여사는 서울역에서 지갑이 든 파우치를 잃어버린다. 그리고 곡성

같은 목소리의 노숙자 전화를 받고 찾으러 가는데 그 때 만난 이가 독고 씨였다. 차림새는 남루하고 냄새도 나지만 지갑을 안전하게 보관하고 철저한 신분 확인을 통해 돌려주는 그에게 염여사는 보상을 하고 싶어 자기 편의점에 데려가 가장 비싸고 맛있는 산해진미도시락을 대접한다. 그리고 폐기도시락을 챙겨주며 계속 이어지는 인연. 그러다 저녁알바생이 그만두면서 리얼한 요즘애들의 무서운 패악질을 당한 염여사는 도와준 독고씨와 그대로 고용계약까지 맺게 된다.

이 챕터에서 인상깊었던 문장은 위에 언급한 경우가 있다는 부분이다. 나이 많은 염여사를 도와준 올바른 행동부터 보답하고 싶은 염여사에게 폐기된 도시락을 달라고 하는 독고씨의 예의까지. 그냥 지나칠 수도 있고 의례적으로 보상할 수도 있는데 두 주인공 모두 진심을 다해 대했다. 그리고 노숙자인데도 편견을 갖지 않고 독고씨의 경우에 따른 행동에 대해 칭찬하고 배려하는 염여사에게서 진정한 어른을 느꼈으며 갑자기 드라마 도깨비가 생각났다. 평범한 노인같은 조우진(김비서역)을 회장인줄도 모르고 도와 준 한

사내에게 조우진이 은혜를 입었다며 보답으로 운명을 바꿔 줬던 그 장면...

삶의 방향은 어떻게 바뀔지도 모르며 어떻게 이어질지도, 인연이 닿을지도 모른다. 다만 남들이 보든 안 보든 올바르게 행동하고 있다면 그때그때의 경우에서 빛을 발할 것이고 알아주는 이가 나타날 것이며 그것이 삶을 바꿀지도 모른다는 점을 이 챕터에서 또 한번 깨달았다.

chapter 2

힘들게 공무원이 되어봤자 결국 좀 더 큰 편의점이 아닐까? 국민의 편의를 봐주는 공간에서 또 다른 제이에스들을 만나는 삶.
「P59 제이에스 오브 제이에스 중」

두 번째로 언급할 부분은 제이에스 오브 제이에스이다. 육아휴직중이지만 현직 공무원인 나였기에 공무원을 준비하는 시현의 삶에 많이 감정이입해서 읽었다. 일본 워킹홀리

데이를 준비하던 시현의 꿈은 한일관계가 악화되면서 날아
가버리고 학원 다니랴 편의점 일하랴 주경야독하면서 공무
원 공부는 쉽지 않았다. 몇번이고 시험에 떨어지다보니 진
상손님이 있는 편의점이 오히려 온실로 느껴질 정도였다.
그러다가 사장님인 염여사가 이상한 노숙자를 데리고 와서
는 알바생이라고 교육까지 시키라고 한다. 귀찮고 싫었지
만 하나뿐인 일터 편의점을 지키기 위해서 노숙자 독고씨
를 가르치기 시작하는데 그게 오히려 도움이 되었다. 느리
고 서툰 아저씨를 위해 유튜브 영상을 찍어서 보여주며 천
천히 가르쳐주고 그걸 올렸을 뿐인데 세상은 반응했다. 아
싸라고 생각했던 시현이 세상과 소통하게 되었으며 그걸
계기로 다른 편의점장으로 스카우트 제의까지 받았으니...

이 챕터에서는 일단 시현의 이야기에 깊게 빠져들었고 공
무원의 꿈은 못 이뤘지만 재능을 살려 다른 길로 가게 된 부
분이 인상 깊었다. 진상을 제이에스 오브 제이에스라고 표
현한 점도 재밌었고 진상 손님을 처리하며 쌓이는 시현과
독고 씨의 우정, 그리고 가르쳤는데 오히려 배우게 되는 그
심정이 너무 이해가 되었다. 특히 위에 언급된 힘들게 공무

원이 되어봤자 결국 좀 더 큰 편의점이 아닐까? 국민의 편의를 봐주는 공간에서 또 다른 제이에스들을 만나는 삶이란 문장이 너무 가슴에 와 닿았는데 내가 경험했던 공무원 생활이 그래서였는지도 모르겠다. 위 글귀처럼 이제 큰 편의점으로 돌아갈 날이 얼마 남지 않았는데 손님을 잘 대할 수 있을지 벌써 걱정태산!

chapter 3

결국 삶은 관계였고 관계는 소통이었다.
행복은 멀리 있지 않고 내 옆의 사람들과
마음을 나누는 데 있음.
「P 252 ALWAYS 중」

세 번째로 언급할 부분은 ALWAYS 편의점이다. 위 문구가 책 불편한 편의점을 대표하는 부분인 거 같다. 앞에 여러 소제목이 있고 그 제목 속 주인공들이 있는데 다들 소통에 어려움을 겪는다. 오선숙여사는 게임만 하는 아들과 소통이 어렵고 참참참(참치김밥, 참이슬, 참깨라면)세트로 하루를 마무리하는 영업사원 경만은 가정에서 아내와 아이들과 소통이 어렵고, 김호연 작가를 대변하는 듯한 극작가 인경은 글로 대중과 소통이 어렵고, 염여사의 철없는 아들 민식은 장사로 남과 소통이 어렵고 비리로 경찰직을 잃은 곽씨는 가족과의 소통이 어렵다. 모두가 살아내는데 급급해 가까이 있는 사람과의 관계에서는 소통에 어려움을 겪는다.

그러다가 편의점의 독고씨와 허물없이 대화하면서 소통의 실마리를 얻는데 그건 어떤 특별한 비결이 있는게 아니라 이야기를 들어주면 풀리고 애들이 원하는 거 원플러스 원으로 사주고 칭찬 한마디에 글이 풀리고 남이 좋아하는 거 팔면서 손님 대하듯 가족을 대하면 풀릴꺼라는 용기 주는 말 한마디...

들어주면 풀려요, 손님에게 하듯 하세요.
지갑속에서 딸들이 원플러스 원으로 웃고 있었다.
생각없이 쓰면 타이핑이지 집필이 아니잖아요.
장사는 내가 좋아하는 거 파는 거 아니야, 남이 좋아하는 거 파는거지.

불편한 편의점 속 문장 중에서 독고씨의 촌철살인을 보자면 정말 삶은 관계맺기에서 시작하고 그 시작은 소통이며 내 옆의 사람들과 마음을 나누며 소통하다보면 행복감이 불쑥 드는 게 아닐까? 이 소설은 그렇게 말하고 있었다.

chapter 4

강은 빠지는 곳이 아니라 건너가는 곳임을.
다리는 건너는 곳이지 뛰어내리는 곳이 아님을.
「P 266 ALWAYS 중」

마지막으로 불편한 편의점을 읽으면서 모든 이에게 해결책과 변화의 모습을 보여준 독고씨의 실체가 궁금했다. 소설도 그의 실체에 궁금증을 유발시키며 진행되는데 갑자기 마지막 부분에서 뜨악했다. 어디서 많이 본 거 같은 장면이 그려지고 기시감이 들어 곰곰이 생각해보니 예전 재밌게 본 MBC드라마 "저녁 같이 드실래요? "와 많이 닮아 있었다. 특히 키에누 역을 맡은 박호산이 거지로 나왔는데 편의점을 들른 여주인공 서지혜와 허물없이 소통하면서 과거

잘못된 진료로 인한 트라우마를 극복하고 다시 의사로 돌아오는 그 과정이 이 소설의 독고 씨와 맥락이 닮았다. 물론 소설과 드라마가 같다는 건 아니고 불편한 편의점의 독고 씨 사유가 너무 진부하게 그려졌다는 내 느낌을 이야기하고 싶었다. 완전 재미있고 공감하며 감동까지 받고 있다가 결말부분에 와서 독고 씨의 실체가 너무 쉽게 풀어지면서 판타지같이 해결 되어버리니 아쉬움과 실망감이 들 수밖에 없었다. 아니 이때까지 편했다가 소설 제목처럼 불편해져 버렸다. 아마 쓰다가 마지막에 와서 마감에 쫓겨 작가의 필력이 미치지 못했다거나 결론 내기 쉬운 방향으로 쓰신 게 아닌가 추측해보며 그래도 마지막을 빼고는 다 좋았기에 위 독고 씨의 아픔을 치유하는 독백 같은 문장으로 이 대단원의 소설 해석을 마무리한다.

우리의 생이 달리는 기차라면 강을 건너고 눈물이 나도 종착역까지 멈추지 않아야 한다.
삶이란 어떻게든 의미를 지니고 계속된다는 것을 기억하며, 겨우 살아가야겠다.

아몬드? 다이아몬드!

– 아몬드를 읽고–

아몬드를 처음 접한 건 원북원 부산도서 선포식이었다. 선포식에 가서 참가 선물로 무료로 증정 받았다. 그래서 그런지 그때는 그냥 책표지 앞뒤로 보고 '청소년 성장소설이구나! 나랑은 별 상관없겠네' 하고 서재에 꽂아뒀었다. 그런데 이번에 제주로 넘어 오면서 먼지를 털고 읽었는데 시나리오 읽듯이 술술 잘 넘어가면서 읽히는 게 나도 모르게 빠져들었다. 그리하여 지금 이 서평이 탄생하게 되었다,

책 줄거리를 간단하게 요약하면 대략 이렇다. 선천적으로 작은 크기의 편도체를 갖고 태어나 감정불능인 선재가

할머니를 잃고 엄마가 의식불명이 되는 사고를 겪지만 학교에서 곤이와 도라를 만나면서 감정을 느끼게 되고 어두운 세상을 살던 곤이를 구해주는 내용이다. 간단하게 줄여서 그렇지, 이 안에 학교폭력과 사회문제, 공감과 사랑에 대해 폭 넓게 이야기하고 있는데 읽고 나서 오는 감정의 후폭풍이 많아서 나만의 해석구역 3가지로 나누어 짚어본다.

chapter 1 아몬드? 다이아몬드!

소설 아몬드의 주인공 선재는 감정표현불능이다. 선천적으로 작은 크기의 편도체를 갖고 태어나 보통의 사람들이 느끼는 공포, 사랑, 불안, 행복 등의 감정을 느끼지 못한다. 그러니 타인의 감정을 알 수도, 이해할 수도 없으므로 공감능력 제로다. 그런 선재의 다름을 일반적인 사람으로 만들게 하기 위해 엄마는 아몬드를 먹인다. 작은 크기의 편도체를 키우기 위해서 두뇌발달에 좋다는 견과류 아몬드를 약처럼 수시로 먹이는데 여기에서 책 제목이 나온 거 같다.

아몬드는 엄마의 사랑일 수도 있고 두뇌 성장에 좋은 아몬드라는 견과류를 통한 선재의 성장을 상징하는 의미일 수도 있지만 개인적으로는 다이아몬드를 떠올렸다. 선재가 아무것도 느끼지 못하고 차가운 돌덩이같은 존재에서 감정을 가르치려 노력한 가족들과 심박사, 도라, 곤이와의 만남을 통해 감정을 느끼게 되면서 변화하고 공감하며 반짝반짝 빛나는 다이아몬드같은 존재로 거듭나는 것이 나에게는 성장보다 더 큰 그런 의미로 다가왔다. 그리고 또 하나 덧붙이자면 웹툰이자 작년에 선풍적 인기를 끌었던 광진 원작의 이태원클라쓰도 생각났었다.

chapter 2 공감한다는데 진짜 공감일까?

소설을 읽다보면 이런 문장이 있다.
'멀리 있는 불행은 내 불행이 아니라고, 대부분의 사람들이 느껴도 행동하지 않았고 공감한다면서 쉽게 잊었다(중략) 내가 이해하는 한 그건 진짜가 아니었다'란 부분...
뉴스를 들어보면 많은 비극들이 일어난다. 광주 건물 붕괴 대형사고부터 세월호 사건, 제주 4.3 사건 등등. 나 또한 소설 속 문장처럼 그랬다. 이런 불행들이 나에게는 상관없는 거 같이 너무 멀리 느껴졌었고 진짜 공감이 아니라 소설 속 등장인물들처럼 고개를 끄덕이며 공감하는 척 가짜 공감을 하고 있었던 것은 아닐까?

이런 의문이 들었다. 주저하며 행동하지 않았고 말과 마음으로만 추모했다. 이 소설을 읽으면서 진짜 공감이 무엇일까라는 의문을 품게 되었지만 또 행동하는 주인공 선재의 모습에서 어느 정도 실마리는 찾은 거 같다. 그리고 요즘 육아하고 아이들을 케어하면서 이런 공감대는 점점 더 커지고 있다는 점 또한 좋은 방향으로 나도 성장하고 있는 느낌을 받았다.

chapter 3 사람이 사람을 구할 수도, 죽일수도 있는데 그게 다 사랑이다

책 마지막 에필로그에서 작가는 사람이 사람을 죽일수도, 살릴 수도 있다고 하는데 그게 다 사랑이라는 말을 한다.

책을 다 읽고 보니 결국은 사랑이야기였던 거 같다. 감정교육과 아몬드를 통한 엄마의 내리 사랑, 사랑은 이쁨이라고 하지만 선재를 위해 희생한 할머니의 사랑, 상담을 통해 묵묵히 지켜봐주는 심박사의 정 같은 사랑, 도라와의 설레임 같은 사랑, 곤이와의 우정같은 사랑 등등.

통속적이지만 그게 다 사랑때문이라는 작가의 말을 안 빌려도 아몬드에서는 다양한 형태의 사랑을 느낄 수 있었다. 그리고 나도 좋은 방향으로 사람을 변하게 하는 사랑을 아이들에게 퍼주고 싶다는 생각을 가지게 되었다. 그게 희생이 될지라도...

자폐 스펙트럼을 무겁지 않게 그려 인상깊었던 이상한 변호사 우영우도 생각나고 감정불능이지만 끝내 장애를 이기고 공감하는 선재를 보며 또 한번 배웠다. 좋아하는 김수환 추기경님의 사랑에 대한 명언으로 마무리해본다.

"사랑이 머리에서 가슴까지 가는데 칠십년이 걸렸다."

마이너스 김반장

부제- 애월마을 차차차

작년 종영한 [갯마을 차차차]를 참 재밌게 봤다. 그 어렵다
는 본방사수를 지키며 홍두식(이하 홍반장)과 윤혜진(이
하 윤치과)의 러브스토리에 빠져있었다. 14회까지는 인생
드라마였다. 우연히가 아니라 홍반장과 윤치과가 처음 만
나는 인연부터 공진 마을로 흘러 들어온 마을 사람들의 각
자 사연, 공진의 3대 미스테리며 홍반장과 윤치과가 티격태
격 로맨스를 쌓아가는 과정, 차도녀 같지만 내면에 따뜻한
마음을 가지고 있던 윤치과의 달라지는 모습 등은 드라마
를 보면서 내내 흐뭇했고 따뜻했다. 다음회에서는 공진 마
을에서 어떤 재미난 에피소드가 터질까? 로맨스는 어떻게

발전할까? 한 주를 즐겁게 기다리게 해 준 드라마 갯마을
차차차. 14회까지는 작품의 완성도가 너무 좋아 나의 인생
드라마 리스트에 올려야겠다고 마음도 먹었었다.

그런데 15회 홍반장의 과거부터 16회 뻔한 마무리를 보니
용두사미가 된 거 같아 힘이 좌악 빠졌다. 작가의 스토리 구
성에 필력이 빠져보였고 엉성한 광고 삽입에 급작스런 모
두의 해피엔딩까지 아연실색하지 않을 수 없었다. 특히 15
회에 홍반장의 과거는 해도 해도 너무했다. 그냥 펀드매니
저로서 경비아저씨한테 상품을 추천하고 권해 주었을 뿐
그 분의 실수를 구할 필요까지는 없어 보였다. 투자의 책
임은 투자자한테 있음을 모두가 아는데 작가만이 논리적
비약을 보이며 홍반장의 책임으로 몰아 갔다. 앞 뒤 사정
자르고 사건 위주로 보여주다 보니 보는 사람 입장에서는
군고구마 먹다 속이 체한 느낌이었다. 사이다가 필요해!

차차차~이걸 쓰려던 건 아닌데 끄적거리다 보니 어쩌다 드
라마 비판만 썼다. 너무 애착을 가지고 봐서 그런 거 같은
데 이제 정신 차리고 본론으로 돌아와 드라마 속 홍반장과

달리 나는 마이너스 김반장이다. 작년의 정신없던 부산 도시 생활을 뒤로 하고 지금 제주 바다마을로 내려와 애월에 정착해 있는데 모든 일을 잘 하는 홍반장과 다르게 난 잘 하는 일이 없다.

수두룩한 자격증을 가지고 마을의 모든 대소사에 땜빵을 해주는 홍반장과 차이나게 자격증도 없고 그냥 주부다. 비누도 직접 만들고 마을에 수리할 곳 있으면 뭐든지 모두 다 수리하는 홍반장과 달리 나는 똥손이고 꽝손이다. 손재주가 없어 조립은커녕 손만 댔다하면 잘 있는 것도 부수고 그 흔한 못 박고 전구 갈기도 잘 못하며 예전에 운전도 잘 못해서 안해님한테 배웠다. 오죽하면 안해님이 '니는 손만 대면 다 마이너스고. 그냥 가만히 있는 게 도와주는 거다.'란 말을 달고 살까나...그래서 캠핑을 가도 안해님이 텐트 치고 팩 박고 실내까지 다 한다. 난 그냥 거들뿐!

하여간 이렇게 모든 걸 해결해주는 홍반장과 달리 오늘도 자동차 벌금딱지를 받으며 사고만 치는 난 마이너스 김반장. 하지만 홍반장처럼 마음만은 따뜻히 휴머니즘을 가지려고 노력한다. 뭐 시키면 툴툴대고 엉덩이가 무겁지만 마지못해 다하고 꽂히는 것도 다 한다. 그리고 눈치도 좀 없지만 나와 관련된 건 빠르다. 또한 좋은 게 좋은 거라고 싫은 소리 잘 못 한다. 그래서 홍반장처럼 자책하는 경향이 있고 마음의 병도 있다.

그러나 사는 덴 전혀 지장이 없다. 상대가 조금 느리고 답답하게 느낄 뿐 난 정신승리를 하며 꾸역꾸역 해나간다. 제주 오면서 육아에 안 해본 집안일이라 걱정했었는데 아이들 픽업이며 청소며 정리며 조리에 가까운 요리까지 닥치는 대로 다 해나가고 있다. 하면 된다. 지레 겁먹고 시도를 안 하는 게 가장 안 좋은 것이다.

제주의 마이너스 김반장. 오늘도 정감 있는 제주 바다를 보며 매일을 손재주 없이 서툴게 살아간다. 무슨 일이 생기면 홍반장과 다르게 모른 척 스윽 사라지기도 일상다반사다. 그래도 장기하처럼 부럽지가 않아 공중부양하고 있으니 이 글을 보시는 많은 마이너스 반장님들도 힘내시길 바란다. 모두가 홍반장일 필요는 없다. 각자의 반장이면 된다!

에필로그

그해 우리는, 올해 나는

올해 초 종영한 [그해 우리는]을 본방 사수하며 재미있게 보았다. 2회에서 남자주인공 최웅(최우식)이 헤어진 연인 연수(김다미)가 찾아오자 과거에 얘기했던대로 진짜 물 뿌리고 소금 뿌렸던 장면을 특히 좋아했다. 재치 있고 인상적이었는데 이상하게도 생각보다 시청률이 저조했다. 배우 연기도 좋고 매회 시작하는 제목도 좋고 소재도 10년전 찍었던 다큐가 역주행해서 헤어진 연인이 다시 만난다는 설정도 흥미로운데 왜 안 뜨는 걸까? 할말하않, 유구무언...
드라마의 광팬이었던 나로서는 안타까운 마음이 들었지만 시청률을 떠나 유재석이 삼행시 할때마다 외치는 청바지(청춘은 바로 지금)를 생각할 수 있어 좋았다.

" 후회가 꿈을 대신할 때 우리는 늙어간다"

드라마 [그해 우리는]을 보면서 싱그럽고 풋풋했던 청춘을
생각해보게 되었다. 나는 아직 청춘일까? 나의 청춘은 언
제였을까? 청춘이란 뭘까? 의문속에서 위 글귀를 만났다.
그리고 느끼고 깨달은 건 '그래, 청춘은 나이가 아니라 생각
이었던 거야' 2021년과 올해를 되돌아보니 2020년과 달리
나는 후회보다는 꿈에 가까이 있었다. 코로나 전에는 지나
간 시간이 아쉬웠고 예전 같지 않은 체력이 아쉬웠고 달라
진 얼굴과 몸의 신체가 아쉬웠고 지난날 느꼈던 성취감과
사랑의 뜨거움, 소원해져가는 친구들의 연락이 사라져 가
는게 아쉬웠다.

그런데 작년 나는 더 이상 과거에 머물러 있지 않고 하나
씩 시도하고 도전해 나갔다는데 큰 의미를 줄 수 있는 나날
이었다. 새로운 환경 제주에 적응하면서 육아도 본격적으
로 해보고 글쓰기도 시작해보고 무료 프로그램을 통해 웹
툰 그리기, 작사 작곡 싱어송라이터, 마을여행 크리에이터
등 다양한 활동도 시도했었고 경험치도 많이 늘였다. 물론

중간에 체력적으로 힘들어 편도선염도 걸리고 힘든 시기도 있었지만 시작이 있으면 끝도 있는 법. 좋은 사람들을 만나 구해줘! 글로소득 나의 첫 책이라는 좋은 결실을 맺기도 했다. 계속 김작가라고 놀려대지만 뭔가 뿌듯하고 기분좋음!!

작년을 뒤돌아보니 쉼은 별로 없었지만 꿈은 있었고 머니는 없었지만 뭐라도 마니 해보자는 마음은 있었던 해였다. 그리고 그동안 돈에 치여 일에 치여 어른이라는 책임감만 나아가고 마음은 아직 어느 한 순간의 어린시절에 머물러 있었는데 그 차이를 줄이고 마음도 조금 따라온 기회였다.

그리고 육아휴직을 해보니 우리나라 출산율이 낮은 이유도 알 수 있을꺼 같은데 금전적인 작은 지원 말고는 타인의 동정어린 시선만 느끼는 독박육아의 문제점을 직접 경험한 것도 큰 수확이었다. 진짜 육아휴직이라는 제도는 잠깐 쉬고 다시 복직하라는 제도다. 88세대도 아니고 얼마 나오지 않는 지원금으로 버티는데 한계를 느꼈고 어쩔수 없이 돈 때문이라도 일을 강제하게끔 하는 제도라는 생각이 든다. 갈수록 점점 더 많이 지원한다고 하지만 그게 한계다...

곧 다가올 복직을 생각하니 발바닥에 불이 떨어져 이제는 일을 해야 하는 시기가 다가오고 있고 쉬운 길을 찾았지만 다시 돌아가야 한다. 진짜 여러 문파를 두드려보고 다른 무공으로 일가를 일으켜 보려 일말의 꿈을 꿨지만 지금 상황에선 냉철하게 공공파만큼 많은 파이를 주는 곳이 없다. 파이어족을 꿈꿔 돈이 돈을 일하게 하려고 주식 투자도 해봤지만 당장 급하게 해결은 안되는 시스템이라는걸 깨달아 장기적인 관점에서 접근해야 되는 거 같고 로또가 안 되는 이상 돈을 위해 아니 다시 국가와 지방을 위해 공복의 자세로 아무튼 출근하러 가야 한다.

그 전에 지금 이 글이 책으로 나왔으면 좋겠고 수영과 골프도 배웠으면 좋겠고 가족들과 오래 기억에 남을만한 장면들을 많이 만들어 나갔으면 하는 꿈을 가져본다. 이제 올해 나는 이쯤 마무리하고 후회보다는 기회, 몸보다는 마음이 시키는 일을 그려보며 내년을 향해 또 다시 달려보자! 벌써 43되네. 룰라 노래처럼 거꾸로 3!4!

물어보시면 주부입니다

발 행 | 2022년 10월 12일
저 자 | 보라빛쏨쏨이
펴낸이 | 한건희
펴낸곳 | 주식회사 부크크
출판사등록 | 2014.07.15.(제2014-16호)
주 소 | 서울특별시 금천구 가산디지털1로 119 SK트윈타워 A동 305호
전 화 | 1670-8316
이메일 | info@bookk.co.kr

ISBN | 979-11-372-9762-3

www.bookk.co.kr